U0932579

我有一杯酒
可以慰风尘

关东野客/著

九州出版社
JIUZHOUPRESS

人总得有个念想，

甭管是得不到的人，还是已经失去的人，

这念想足以支撑你在以后的岁月里提醒自己，你见过爱情的样子。

也许有一天我会变得冷漠，变得不近人情，

变得不再觉得非爱不可，变得对你失去好感，

这真遗憾，我曾经那么爱你。

所谓辜负，就是当你想起这个人或见到这个人时，

你的第一感觉，就是心虚，

你会希望这个人在别处能得到想要的，并且一生圆满。

多年以后，

你在一个陌生又温暖的城市结婚、生子，渐渐老去，

会不会想另一个城市里的那个人过得好不好？

//

我们分开很多年了，我记着的还是那时候的你。

现在的你可能胖了或瘦了、头发长了又短了，

可能你又喜欢上别的菜、新的歌、某家店……

我能确定的是，你已经忘记我了。

序　言 | 人间久别，不成悲

我特别喜欢陈升的《牡丹亭外》里的一句歌词——“写歌的人假正经啊，听歌的人最无情”。以前一直不理解这句歌词的意思，后来在生活里摸爬滚打、遍体鳞伤之后，我才忽然明白其中的含义。

其实道理很简单，人只要矫情起来，听什么都像是在说自己，可听歌的人是无法理解写歌人当时的情绪的，所以会觉得并不真实，所谓假正经。

听歌的时候又会把自己的情感带入，等一首歌唱完，也就从情绪里走了出来，转身即忘，所谓最无情。可转念一想，这和我写故事给你读，又是一样的道理。

“写故事的人最残忍，读故事的人碎了心”，所以我总是喜欢把故事里的人写得没有结局，人生不到死，哪会有结局？那不过是一段时光的定格，无论是爱而不得，还是得而复失，都只能算作过往。

我见过太多有意思的人，他们不尽相同，其实人和人的相遇就是一瞬间的事儿，俩人若是没缘分，迎面走来也会错过，相逢最让人着迷的地方就是，你不知道在什么时间、什么地点会遇见什么人，你和这个人之间会发生什么事儿，相爱或者言欢。

庆幸的是，我看过他们的生命，听过那些不为人知的故事。它们既美好又破碎、既遗憾又圆满。有些人我可能见不到第二次，从相遇的时候我就知道，所以这些故事都是绝无仅有的，因为当你看到后，这些故事里的人，便和你相识了。

并不是所有的故事都会温暖人心，但它们一定会让你的内心更丰盈，那些你无法体会的人生就交给这些故事，也许它们会让你懂得珍惜，也许它们会让你了解爱情。

“生活就是把美好的东西毁灭掉，然后让你成长。”爱情是这样，友情也是这样，不经历深夜痛哭、雨里前行、夜里独醉这些事情，你永远都会天真如向阳花，不懂何为人生。

想念一个人久了，是会重逢的。

所以不要遗憾那些错过，也别强求什么事，一切来去的人，都有注定的归宿。走下去，前面有路，夜里有灯，心心念念的人总会重新遇见，心里若没了念想，那才是真的断了联系。

我们虽素未谋面，但好在你仍能看到这些故事，它们都曾真实地发生在某一个时空里，在这滚滚红尘中，也许只是换了几个名字、几个地点，其实人间之事，说到底也不过几句“相聚别离”罢了。

不是每个人都必须成为大树，做一朵小花儿，也未尝不好，开心时孤芳自赏，难过时悄悄合上。每个人年轻的时候，都会觉得除了爱情，自己身无长物，可后来想想，没有什么是不能舍弃的，包括爱情。

你在意一个人，你就想把所有的好都给对方，天上的云、地上的花、山间吹过的风以及你全部的爱。你想把眼前的这个人，拽进你的生命里，想今后所有的故事都和对方有关，然后你对自己说，就是这个人了，不变了，不换了。

但人生总是充满遗憾，你要的故事情节没有按照原来的方向发展，爱情像是断了线的风筝，你在地上看着它飞速往下掉，你无能为力，线断了，你拽不回来了。

可你怕什么呢？人生还会继续，不过是故事换了主角，你还会遇见各种各样的人，经历各种各样的故事，虽然你会遇见挫折和失望，但你仍会“逢山开路，遇水架桥”。

醉眼看人间，谁都像良人，你既能在兵荒马乱的过去深爱一个人，也能在灯红酒绿的都市里自由前行，你怎样都好，只要心是自由的，永远别为爱情卑微，在故事里，你才能是主角。

如果这些文字能让你心里有些暖意，就已足够了，那些悲欢离合的故事即将说给你听，无论你听完后是哭是笑，都别忘了“若深情不能如愿，我希望最后幸福的人是你”。

愿你不管是面对久未重逢的故人，还是偶遇曾经爱而不得的旧人，哪怕心里已翻江倒海，脸上也别有一点儿波澜，你若无其事的样子，才最好看。

愿你可以永远横冲直撞，哪怕头破血流，也要爱憎分明、哭笑任之，一如年少时的模样。

我 有 一 杯 酒 ， 可 以 慰 风 尘

目 录

江枫余火 / 001

除了她身边，我无处可去。

春树穆云 / 027

你要是深爱过一个人，就懂了，不接受不代表就不爱了。

过山涉水 / 051

爱过的人，都来不及挽留和说再见，我们都会在红尘里各自遗忘。

十九小寒 / 081

不是所有的久别重逢都会痛哭流涕，也不是所有的朝思暮想都会拥抱倾诉。

青岚姑娘 / 099

哪有什么放下，都是因为得不到，编个谎话，说自己不想要了……

桃源路 / 127

一楠，走啊，我们去人海里安家。

流小浪 / 155

不管你相不相信，流小浪的心事的确太重了。

周三姑娘 / 179

她曾经那么无望地爱着那个人，把自己所有能够给的，全都给了，却仍然得不到自己想要的结果。

阿峰 / 199

记忆里的阿峰就永远那么年轻，那么轻狂，并且永远那么热血。

春暖 / 217

这世上有很多感情，是没办法如愿以偿的，那些最后能够在一起的感情，都值得珍惜。

何处 / 233

那时说的我爱你，如今听起来仍旧真实得想哭，只是遗憾，我们没能在一起。

姐姐的果儿 / 249

生命的残酷在于，我们来时不得不来，走时又不得不走。

你是一道坎儿 / 275

穆凯是我的劫，而你是我的一道坎儿，无论哪个我都得蹚过去，也许我会回来，也许不会……

敬读者 / 302

我 有 一 杯 酒 ， 可 以 慰 风 尘

//

江枫余火

学校里有那么多情侣，
没人知道他们有多恩爱，
但绝大多数人都知道，
有一个叫江枫的小子追一个叫余火的姑娘，
整整两年，最后以失败告终。

1

以前就听过藕断丝连这事儿，但那会儿物资匮乏，东北那地方想吃到藕还真是件难事。后来上大学，跟同屋的兄弟出去吃火锅，有人点了一盘藕片，这才知道藕长什么样。

点藕片的这哥们叫江枫，明明不是近视眼，还戴个没镜片的眼镜框，让我这种名副其实的四眼儿总觉得他很装。

江枫夹起藕片扔进锅里说："情缘未了，藕断丝连，终成眷属。"

我说："真是个诗人，吃个火锅还能跟藕诉情怀。"

"嘿嘿，我这不是想起一段岁月了吗，小感慨，小感慨。"

大一那会儿，整个寝室的兄弟，都摩拳擦掌地想要拿下某个学姐、某个学妹，就江枫不掺和，每天按时上课、按时吃饭，没事要么在寝室里躺着看书，要么拉我出去打游戏。

我问他："你没问题吧？"

“你才有问题呢！”

“那你干吗不找女朋友啊？”

“女朋友是找的吗？得碰，懂吗？碰，就跟走路摔一个跟头一样。”

“摔跟头多疼啊。”

“你不懂，真爱，必须痛并快乐着。”

江枫确实牛，整个大一就自己这么溜溜达达地过来了，寝室里的几个兄弟都有女朋友了，没事就秀恩爱，每次打电话都特意站在江枫旁边，一口一个“小宝贝”，一口一句“亲爱的”。

江枫也不恼，只是笑笑，对着电话里喊：“姑娘，你怎么找了这么一个傻瓜啊？”

时间长了没人敢上江枫跟前嘚瑟了，江枫问我：“你说我没找女朋友，我也没看你找啊？”

“我找到才算啊？”

“哈哈，我还以为你看我单着可怜，想陪我呢。”

"……滚！"

大二下学期学校组织辩论赛，题目是《大学期间是否应该恋爱》，班里实在抽不出人了，导师没办法，看江枫平时挺能嘚瑟的，就把他拽出来充数了。

有时候爱情来得还真邪乎。

江枫是正方，观点是大学生应该在校谈恋爱，反方观点是大学生在校期间不应该谈恋爱。辩论我去了，火药味十足，江枫的口才了得，举一反三、据理力争，分析得头头是道，就差痛哭流涕了，说什么大好青年要趁着年少时光留下一段美好的回忆。爱情使人类进步，是社会的源泉，大学生不恋爱，简直是暴殄天物。

本来学校的意思是希望反方赢，毕竟大学生恋爱这事太正常了，但又有太多不正常的事儿发生，比如夜不归宿，比如大白天就能看见跪地求爱的，比如晚上在树林里做人工呼吸的。这些现象让一些纯情的学弟学妹大晚上都不敢出门了，总的来说，还是不太好。

可江枫这小子的口才太好了，愣是把反方逼得没了意见，本来胜负已定了，没想到反方一个一直没说话的姑娘站起来了。

"请问正方辩友，你恋爱了吗？"

江枫被这突然冒出来的姑娘打得措手不及，一时没了逻辑。

“没啊，没恋啊，关你什么事？”

“请问正方辩友，既然你赞同大学生应该恋爱，那么你能保证自己能找到女朋友吗？”

“这个，这个请对方辩友不要意气用事啊。”

“请正方辩友明确回答我的问题，你能保证自己能找到女朋友吗？”

“不能……”

“那么你方的观点就是不能成立的，一个不能百分之百成立的观点，就是伪命题。”

“那你能找到？”江枫明显底气不足了。

“正方辩友，我能不能找到不重要，重要的是我能保证不恋爱，你能吗？”

……

2

江枫败得一塌糊涂，最后自然是反方赢了，因为对方愣是引出了先有蛋还是先有鸡的理论——你说大学生应该恋爱，那你能保证你就能恋爱吗？人家能保证不恋爱，又保护了观点。

“这姑娘，非池中之物啊。”这是江枫下台后说的第一句话。

江枫趁着辩论刚结束，一路小跑着追向那姑娘，伸手就来个自我介绍：“你好，我叫江枫，大二外语系三班的。”

姑娘抬头看了一眼江枫，“嗯”了一声，走了。对，没错，就这么走了。我觉得当时要是有特效，江枫绝对就是石化了的雕像，然后天上还劈下来一道闪电，最好还有几片树叶飘落，江枫像个傻瓜似的，伸出的手就那么握着空气。

如果大一时的江枫是初生牛犊不怕虎，那么如今站在台下的他，就是真的牛犊子。

而那个姑娘，就是虎，并且江枫𡥼了。

江枫回来后，咬牙切齿地在寝室大喊大叫，说什么颜面尽失，愧对江东父老，没脸活了。

我说："枫子，你就别装了，没人认识你，哪儿有什么颜面让你失啊？说白了就是让一姑娘给干灭了呗，但也没事，无非就是几个系的饭后谈资罢了，一两个月就过去了，没人记得，所以不用放在心上，乖啊。"

江枫突然像鬼上身了一样，搬了凳子坐在我面前，带着一种我从未见过的微笑，跟我说："你知道吗，我今儿摔了一跟头。"

"不对吧，我没见你摔倒啊？"

"哎呀不是，这儿，心脏这儿，摔了一跟头，我爱上这姑娘了。"

"谁啊？哪个姑娘？说吧，怎么没摔死你？"

"就是把我干灭的那个啊，你知道姑娘叫啥吗？她竟然叫余火！"

"余火怎么了？烧着你了？"

"滚，江枫渔火啊，多般配，张继的《枫桥夜泊》，一千两百年以前我们就在一起了。"

江枫一副陶醉的表情，摇头摆尾地嘚瑟，好像下一分钟就要洞房。

“江枫渔火可是对愁眠啊，你可悠着点儿，这姑娘不是你这犊子能罩得住的。”

“是姑娘，就得谈恋爱不是？小爷我就吃定她了。”

“那我就祝您二位，早日比翼双飞，停车坐爱枫林晚。”

果然，从那天以后，江枫这小子就跟打了鸡血似的，满系里找人托关系，誓把余火姑娘找出来。功夫不负有心人，某天晚自习结束，我跟江枫打算出去吃夜宵，正走到楼后面的时候听见一个女孩叫余火慢点走。

江枫把烟头一扔，直接就奔了过去，如果这一刻能加特效，一定是那种慢动作外加一个笑容狡黠的男子，正在奔向一个如花似玉的姑娘，怎么看怎么像一部恐怖片。

江枫跑到余火面前，又做了一次自我介绍：“你好，我叫江枫，大二外语系三班的。”

“这不是那个大好青春岁月必须留下一段美好回忆的正方辩友吗？”

“没错，正是小弟我。”

“怎么了？大晚上的不回寝室，跑这儿找回忆来了？”

“姑娘，你是吃仙人掌长大的吗？能说话不带刺儿吗？”

“那真对不起了，打会说话那天起，就这样，尤其看不惯你这样的。”

“我哪样的？”

“呵呵，人样儿。”

余火转身走了，留下了一个石化的江枫。

3

我劝过江枫：“实在不行咱就算了，这姑娘浑身带刺儿，整个刺猬，你没事就别往上扑了。”江枫不干，就说：“只要是姑娘，只要她还单着，我就非得把她弄明白。”

江枫用尽所有追姑娘的办法，整整历时一年，虽然余火也一直单着，但就是咬死了不同意江枫，就跟俩人有多大仇似的，一开始很多人都是在看江枫笑话，可时间长了，慢慢地就觉得江枫不容易。

江枫大晚上就站在门口等着，就为了能看上余火一眼，说上两句话，提前打好热水给人家备着，吃饭抢着刷卡，周末还拽着人家出去吃饭看电影，用尽一切他能想到的方法。

可余火就是不买账，眼瞅着大三快结束了，大四立马就来了。毕业论文、工作安排，哪件事看着都比追姑娘要重要得多，江枫不傻，他找了个机会把余火约了出来。

"余火，我是喜欢你，以至于整个大学期间我眼里就你这么一个姑娘，别人都问我，看上你哪儿了，我想了又想，可能就是你那天盯着我说：'我能保证不恋爱，你能吗？'

"说实话，一开始我的确是抱着赌气的想法追你的，你嘴上说保证不谈恋爱，我就想证明我是对的。可慢慢地接触，了解你以后，我才知道最初的想法，多么肤浅。

"后来我追你，是真喜欢你了，可你好像也跟我憋着气似的，我怎么说怎么做，你就是不买账。没事儿，追姑娘不就是这样吗，人家好好的一姑娘，干吗说跟你就跟你啊。

"可是你总得给我一句话吧，这么长时间了，你给我一句话，让我死也死得明白。马上大四了，明天我就要开始准备毕业论文了，工作也要开始筹划了，我可能没那么多时间来找你了。

"我就希望你好好的，然后能告诉我一句话，什么都行。"

“没话，回吧。”

“余火，我不追了！”

江枫就这样被余火伤成重伤了。他萎靡了一阵子，然后又恢复到从前的样子，每天按时上课、按时吃饭、按时睡觉，只是不再找我打游戏，人变得安分起来。

大四了，谁都知道，时间已经不那么经用了，每个人好像都有一种不安的情绪，一方面留恋学校的安逸，另一方面向往社会的冲动，一群舍不得的人早晚会分开，我想没什么比这个更残忍的了，江枫再未找过余火，而余火就像从来没出现过一样。

事情也确实如此，余火的确再未在江枫的生活里出现，学校里有那么多情侣，没人知道他们有多恩爱，但绝大多数人都知道，有一个叫江枫的小子追一个叫余火的姑娘，整整两年，最后以失败告终。

每个认识江枫的人都想安慰他，可每个人又都无法开口，就像面对一个封闭的人，你是找不到话题和他聊的。余火仍像往常一样独自行走、独自学习，丝毫看不出有什么不同。

很多姑娘背地里都说余火太清高，江枫一米八几的个头、不差的长相，要想找女朋友真不是难事，都说余火耽误了江枫。

我只有这一生，这是一个很好的一生，你想要的我都给你，你若不要，我这一生也就荒废了。

可究竟江枫有没有被耽误，只有他自己知道，但至少余火仍然是单身，也算对得起他了。

4

转眼临近毕业，论文都已上交完毕，就等着毕业证书下来，校园里弥漫着悲伤的气息，那些抱着篮球意气风发从你身边跑过的孩子，一定是大一新生，他们太年轻了，热情似火。江枫说："我们已经太老了，老得从这些新生身边走过的时候，仿佛能听见骨头破碎的声音，已经不记得自己什么时候年轻过了。"

有几次我在陪江枫去取东西的路上，遇见余火，她还是老样子，长发垂肩，目视前方。江枫看见余火的时候，眼睛是发亮的，好像以前那个永远不服输的江枫又回来了，可那种亮光转瞬即逝，仿佛一瞬间就苍老了。

江枫不止一次跟我说，他最庆幸的是参加了那场辩论赛，也最后悔参加了那场辩论赛，如果没参加他不会爱上余火，也不会让自己变成今天这样，他说余火好像拿走了他所有的骄傲，让他开始怀疑一切、不信任一切，可这些归根结底都不是余火的错。

他也知道，爱情这事儿勉强不来的，对不对得上眼，一开始就决定了。这期间不是没有姑娘喜欢江枫，可江枫就是不喜欢，任凭那姑娘如何哭闹，也不管那姑娘如何优秀，单凭一个不喜欢，就能把一个人全盘否定，爱情说来甜蜜，但也最不公平。

就像他自己，不管自己多么优秀，不管功课拿了多少学分，也不管自己今天穿了一件多么好看的衣服，在不喜欢你的人眼里，你别无两样，就是一个普通得不能再普通的人，就像一朵花儿，我不喜欢，你也只能是一株植物。

江枫后来说他不怪余火，是自己太不要脸了，死皮赖脸地缠着人家，耽误人家两年的大好时光。这事弄得尽人皆知，都没人敢追她了，余火也没跟他急，每次干什么事余火也都依着他，就冲这点，余火算是对得起自己了，倒是自己耽误了人家，心里过意不去。

毕业前夕，班里的同学一起吃散伙饭，几瓶啤酒下肚，四年的青春岁月好似昨天一样，曾经的悲伤和喜悦，在这个夜晚显得弥足珍贵。班里从来不喝酒的姑娘们，都端起酒杯说起心里话来了，看着眼前这些人，感觉前所未有地亲切，也后悔未曾了解每个人。

后来班长提议，每个人说一件大学期间最遗憾的事儿。喝多了的同学们可爱至极，有说遗憾没养条狗的，有说遗憾自己成了单身狗的，还有说遗憾大一就谈恋爱，根本没体验单身生活的。

到了江枫这儿，每个人都安静下来，好像在等着什么重大发言似的。江枫喝得迷迷糊糊，抱着酒瓶子笑呵呵地说："我最遗憾的事儿，就是没能在大学期间好好谈个恋爱，没能把那个叫余火的姑娘，变成我孩儿他妈。"

江枫的确喝多了，可那天晚上谁又没喝多呢？也许他说的是心里话，也许是酒后醉话，但都已经无关紧要了，眼前这一圈围着桌子的同学，马上就要各奔东西，没人会记得今天的遗憾和不舍，我们都会前程似锦，我们都会幸福圆满，至少那时候我们相信会如此。

5

我和江枫是最后走的，坐在马路上，江枫点了根烟，抽着抽着就哭了起来。我没敢问，我知道他心里委屈，如此真心待一个人，却得不到一丁点儿的回应。

江枫是第二天八点的车，去南京。我是十点半的车，去北京。那个晚上我们说了很多话，怀念了很多人，也骂了很多人，最后的最后江枫说："我的青春真失败啊。"

第二天早上，寝室就剩下我俩了，因为昨夜喝得太多，醒得有些晚，睁开眼睛的时候听见江枫在收拾东西，我刚要起身，他一下把我按住，我对着墙，背对着他，他说：

“别起来，也别送我，我自己走就好，你多保重，常联系。”

听见关门的声音，我知道江枫走了，这个陪我四年的兄弟走了。我起来后，又把寝室里里外外打扫了一遍，我知道此生再没有机会踏进这间待了四年的屋子了，最后锁门的时候，感觉好像把自己的青春一并锁进去了，想开门找回来，都不可能了。

那种感觉，说不出地酸楚。

从寝室出来，路过花园那边，正好看见余火走过来，她跟我打了招呼，眼睛往我身后看了看：“今天就走？江枫怎么没跟你一起？”

“嗯，今天走，江枫已经走了，早上八点的车，去南京。”

“去南京？怎么走得这么快？”

“家里安排好工作了，在南京，走得不快啊，都四年了，早晚有这一天啊。”

余火听我说完这句话后，便不再说话了，小声说了一句保重，就走了。

说实话，那时候我看见余火心里是有气的，自己兄弟追了她这么多年，她不管不顾，如今人家走了，她倒是关心了，当初干吗去了？

七月的时候，我已经在北京稳定了，租了一间屋子，虽然不是很大，但好歹是自己的家。工作也还顺利，一切都在按部就班地进行着。

偶尔去班级群里调侃几句，曾经的同学早就散在天南海北了，还有几个出国的，去了新西兰，还有去澳大利亚的，总之就是时时刻刻都嚷嚷要聚会，可从来就没聚齐过。

可最奇怪的是，自从毕业后，除了之前有过几次通话，江枫就像人间蒸发了一样，班级群里从来不见他说话，从不更新动态，给他打电话不是不通就是没信号。

后来有一次，终于在网上碰见他，开了视频聊了会儿，他比以前胖了些，气色好多了，好像又恢复到从前的样子，爱开玩笑爱扯皮，我问了一句："怎么着，看你心情这么好，是不是找到如意佳人了？"

江枫先是一愣，随后是一笑，说："佳人，倒是有一位，要不要认识下？"

我连忙点头："那敢情好啊，先见见我这未来的嫂子，怎么见？

有照片吗？发来看看。”视频里的江枫先是一笑，他那笑容我太了解了，大学的时候，只要那种笑容出现，准是又想到什么歪点子了，我倒是没怎么紧张，反正不是逗我就是开玩笑呗。

“余火，来一下，见见我兄弟。”

6

如果说我听见他喊余火我惊了一下,那么余火满脸笑容地跑过来，坐在江枫旁边跟我打招呼时，我已经彻底被惊到了，手里的水杯都已经握不住了，我不知道如何平复自己的心情，只能不停地重复：“天哪！你俩，你俩是咋回事？！”

视频里的江枫和余火根本不理睬我的询问，只是哈哈大笑。我也跟着哈哈大笑，直到笑得眼泪都出来了，我顺手截了图，扔在群里，群里瞬间就炸了。

“我没瞎吧？”

“这不是江枫和余火吗？”

“哎哟，发生什么事了？”

“余火！！！女神！！！旁边的可是江枫？”

“他俩什么时候勾搭在一起的？”

“你确定这不是 PS 的吗？”

“江枫你快点出来说句话，这到底是怎么回事？”

“江枫你这个傻瓜，终于让你得偿所愿了。”

“祝福祝福，嫂子好，晚叫了多少年了！”

我跟江枫说：“你看群里都炸了，你快点说句话啊，同学们都关心你俩呢，这千古疑云你快点给我们解解啊。”江枫看了一眼余火，笑嘻嘻地说：“成，我去群里喊一嗓子。”

“各位同学许久未见，先问声好，鄙人江枫于下个月六号在南京举行婚礼，还望各位同学赏光，前来叙旧，新娘：余火姑娘。”

得，群里又炸了，那场面就跟看见外星人会说中国话一样。

“江枫你这孙子，要是忽悠我，捏死你。”

“江枫，你是要做咱班第一个结婚的吗？要了命了。”

“这是来的哪一出啊？去了不随礼行不行？”

“枫子，你这么长时间不说话，在这儿憋了一个大雷是吗？”

“哈哈哈哈，对不住了各位，还望各位赏光啊！”江枫嬉皮笑脸的样子，一点儿没变。

说实话，我从来没有期待过什么事，也从未如此好奇一件事，但江枫余火这件事，确实是我心头上的大事，一直盼着早点到六号，好当面问问清楚。

好不容易挨到六号，买票直奔南京，下了飞机是江枫和余火过来接我的，一见面我先是给了江枫一拳，然后跟余火问好，回去的路上实在忍不住了，问江枫：“到底怎么回事，你俩怎么就在一起了？当初那么决绝，怎么就好上了？”

江枫先是看了一眼余火，然后哈哈大笑，说还要感谢我，离校那天是他先走的，但火车晚点临时取消了，没办法又换了下午的车，正坐着打发时间呢，看见远处跑来的余火。

余火满头大汗的，看见了江枫先是一愣，然后就扑上来抱着江枫大哭起来。原来余火问完我江枫去哪儿了之后，她就已经决定要跟江枫走了，但江枫已经先走了，完全打乱了她的计划，这才赶到火车站，买了去南京的票，要找江枫去。

江枫被余火弄得乱了阵脚，也糊涂了，不知道这是哪一出，看见余火手里握着的票就明白了。余火这是追自己来了。

江枫把着余火的肩膀说："你是要跟我回南京吗？"余火点头。

"你是要做我女朋友吗？"余火点头。

"你跟我回南京，我可就带你见我爸妈了，你得嫁我。"余火点头。

江枫看见火车来了，拽着余火就往车上跑，生怕下一秒余火就改变主意。坐上车了，江枫这颗心还跟什么似的，七上八下的，等车开了，他才想到问为什么。

7

原来当年江枫跳下台去找余火的时候,余火就已经喜欢上江枫了。但碍于姑娘的脸面余火只能把他当空气，再加上俩人辩论的观点正好相反，而余火又是骨子里说一不二的姑娘，她说大学不谈恋爱，就不谈，不管你是谁。

江枫就这样傻呵呵地追了人家好几年，余火当时特怕自己的冷淡会赶走江枫，但江枫就好像是不畏艰险的战士一样，不管余火怎么对自己，仍然一心对余火好，那时候余火就下定决心，一毕业就结婚，爱谁谁。

但是没毕业，就是不行，余火也说不清楚是在跟谁较劲，可能只是一个面子问题。端了那么久，差不多整个学校的人都知道余火不喜欢江枫了，还怎么开口接受？

就这么一拖再拖，拖到了毕业，那天晚上江枫跟余火说完那段话后，余火就说了一句话："没话，回吧。"

她听见江枫气得直咬牙，但也还是面无表情地走了，走过一个楼的拐角处，就再也端不住了，蹲在地上痛哭起来，她知道这次是彻底地伤了江枫，但那要命又微不足道的少女自尊心就是让她没办法开口服软，就这样，江枫彻底从她的生活里消失了。

每天晚上都是哭着睡着、哭着醒来，寝室里的同学议论纷纷，但她也管不了那么多了，余火唯一的祈求就是江枫仍然爱着她。

直到毕业前夕，余火知道江枫已经提前回了南京，这才彻底绷不住了，放下狗屁自尊和少女矜持，打了车一路痛哭到火车站，出租车师傅都以为这姑娘错过车了。

在车站她看见江枫没走呢，又惊又喜，扑上去就哭。

最后俩人拉着手下的车，一路顺畅地回家见了江枫的家长，这门亲事就算定了下来，余火也在南京找到了工作，江枫工作了一年，攒了点钱付了首付，俩人决定结婚。

婚礼举行得热闹非凡，许久未见的老同学都到场了，就连国外的都赶回来了，都说错过什么也不能错过江枫和余火的婚礼，从某种意义上来说，他俩就是我们的青春，一个充满遗憾和美好回忆的青春，况且还是我们这些人里，唯一一对儿修成正果的大学同学。

江枫和余火端着酒杯过来敬酒的时候，江枫跟我说："当初你跟我说'江枫渔火对愁眠'，今天得改改了，得改成'江枫余火不愁眠'。"

"你是新郎，咋说都对，那就祝你俩夜夜不愁眠，早生贵子。"

"借你吉言，我们家余火肚子里，还真有呢。"

这小子来了一个奉子成婚，这个消息无疑又将整个婚礼的气氛推向高潮，班里的同学这边又炸了，但毕竟不是在群里，表达情绪还是会委婉些，但在这么喜庆的日子里迎来了这么喜庆的消息，没把桌子掀翻算是不错了。

这也是我第一次且唯一一次参加的婚礼，整场婚礼是在一群同学的惊叹声中进行的。

我想，江枫余火或许本来就应该在一起，毕竟一千两百年前就在一起了，任以后的百转轮回，注定的就是注定的。

两年以后江枫和余火仍然是我们同学里唯一一对结婚的，孩子两岁了，是个女孩，叫江苏苏。我问他为啥叫这名字，他白了我一眼说："姑苏城外寒山寺，取苏为名，没文化。"

好吧，敢情这一家人一千两百年前就在一起了，还真得谢谢落榜的张继。

后来江枫跟我说，在他和余火的爱情里，最勇敢的那个人从来就不是他，而是余火。敢把一生交给一个差点半途而废的人，她才是最勇敢的那一个。

有一次我跟江枫在网上聊天，不知怎的就聊到了当年江枫追余火的事，那时候余火死活不理江枫，一点儿盼头都不给，也不知道江枫那时候有没有动摇过。

"当年你跟余火说，你不追了，是真话吗？"

"我的天，你还记着这事？"

"当然记得。"

“不能不追，藕断还丝连呢，况且跟人家姑娘都说了，要是没有当初的坚持，咋会有我家苏苏，不过当时确实想过一件事，余火对我而言究竟有什么意义。”

“什么意义？”

“除了她身边，我无处可去。”

我有一杯酒，可以慰风尘

我把四季用来等你
I use the four seasons to wait for you
有一个可以想念的人
就是幸福……
12

春树穆云

也许人就是这样犯贱，
你越在乎的人，可能越不在乎你，
你当宝贝的人，在另一个人面前也许分文不值，
一物降一物，一物多薄情。

春树其实一点儿也不文艺，因为他爹特喜欢作家村上春树，才给他起了这么一个名儿，春树姓丁，全名丁春树，为人仗义，喝酒永远是最先举杯最先倒下的，春树的至理名言是“小树不倒我不倒，小树倒了我再倒”。但他喝酒基本就是三杯的量，还特逞能，后来我们就都叫他丁三杯。

除去喝酒没什么量这事儿，春树其他方面还是挺不错的，至少在我们圈儿里他是属于言出必行的主儿。有一年愚人节，几个朋友想整他，先后给他打电话说我们在成都吃火锅呢，就差他了。春树二话没说，订了机票就直奔成都，要知道当时他在哈尔滨上大学，而我们在武汉。

最后的结果就是，我们理亏，把人家忽悠过去了，自己也不好意思了，又都坐飞机去了成都，最终还是吃了一顿火锅。春树总是这样，没记性一根筋，谁说什么，他信什么。

后来我们没人再敢跟他开玩笑了，因为最后的结果总是我们过意不去，他那边还装得特无辜，有时候也怀疑他是真耿直，还是假耿直，后来才知道，他是真耿直，又耿又直。

其实我们以前不认识春树，因为那会儿玩网游，春树在里面属于法师，装备不错，但等级不高，后来一问才知道，没人带他刷副本，因为他总是最先死的那个。

后来我们几个看他可怜，便和他一起组队打怪，但这哥们实在是令人费解，你说你是法师，远程攻击啊，每次见到怪物都第一个冲到前面，用各种大招先砸一遍，然后等着技能冷却，最后被怪物打死。

后来我们告诉他游戏不是这么玩的，战士负责砍怪物，他负责站在后面加血就行了。这次之后他倒是很懂事，每次我们刷副本他都老老实实地给我们加血，之所以决定交他这个朋友，是因为一件事。

有一次刷副本刷到很晚，对面的怪物又太强了，打了一个小时都没进展，突然服务器又要维护，我们几个便关了电脑睡觉去了。不知道春树那边的电脑是怎么回事，也不知道是不是网络延迟的原因，据他所说，我们几个一直站在那里打怪，他就一直在那里加血，后来他实在困得不行了，想睡觉都没敢去。

看着我们一直打，他也站在那儿一直给我们加血，其实那时候服务器早都进不去了，他那边看见的画面其实是一分钟之前的画面，然后动作无限重复，他以为我们一直在打，就这样，一直给我们加血加到第二天。

等我们上线之后才看到，他的角色站在角落里一动不动，他已经在电脑那边睡着了。

从这件事以后我们都觉得这兄弟值得一交，就冲他这股子执着劲儿和守信的态度，也值得用心对待。后来我去哈尔滨找过他几次，觉得春树其实比游戏里还可爱耿直。

论年纪，我排老大，春树排老二，那俩小子排了老三和老四。我们认识的时候都在上大四，后来毕业之后又都选择去成都，也许是因为那次在成都吃了火锅，觉得这个城市还不错，也许是因为这座城市漂亮，总之很多决定其实都是说不清缘由的。

我们四个人一开始是住在一起的，后来因为工作的原因不得不分开，玉林路一个，望江路一个，春熙路一个，人民北路一个。春树在人民北路，而我在玉林路这儿，那会儿赵雷还没写出《成都》这首歌，小酒馆的人也不像现在那么多，我们倒是没少去玉林那儿的老码头吃火锅。

除了周末聚聚，我们平日里看不着，半年之后，那俩孙子跑回老家发展了，成都就剩下我跟春树了。后来因为工作调动，我住的地儿离春树很近，喝酒、吃火锅也方便了许多。

那会儿我们四个都没女朋友，都挺着急的，唯独春树不着急，其实春树挺帅的，可用他的话来说，他只是不知道如何跟女孩相处罢了，觉得自己会孤老终生。

其实每个人在单身的时候，都会有这样的感觉，好像再也遇不到自己所爱的人了，好像自己会一直这样孤单下去，其实不会的，只是时间会晚一些，该来的人总会来。

我们谁也没想到，最先脱离单身的是春树。有一次跟春树约好去吃火锅，本来已经出发了，但因为公司临时有事必须回去，春树那边已经点好菜等着我呢，最后实在去不了，我跟春树说那他只能找个人陪他了。

春树后来说他也不知道那天抽什么风，自己一个人吃火锅太孤单了，于是他决定去街上随机找个姑娘，请她吃火锅，就在春树刚迈出火锅店的门时，迎面进来一姑娘，一米七左右的个子，披肩长发，身穿一件小皮夹克，春树说如果真有所谓的一见钟情，那天的场景，足够他用一生去回忆。

然后就是春树臭不要脸地搭讪，他发挥了有生以来最不要脸、最死皮赖脸的能力。

“姑娘你好，是这样的，我本来约了哥们在这儿吃火锅，但是他临时来不了，我点了一桌子的菜，一个人还吃不了，我单身，打包回去也没用，能否赏光，我请你吃一顿火锅？”

这么好的事儿，姑娘自然答应，本来她就是一个人来这儿吃饭的，正好碰见这么一个神经病要请客，何乐而不为呢？姑娘叫穆云，成都本地人，是钢琴老师。

那顿火锅是春树有史以来吃过的最好吃的火锅，春树对姑娘本不会说什么甜言蜜语，但他有着与生俱来的幽默感，姑娘一般都喜欢幽默的男生，再加上春树性格耿直，看上去憨憨的，自然讨姑娘喜欢。

春树为了和穆云套近乎，从小学拿弹弓打碎校长家玻璃，一直讲到和我们认识的经历，以及现在的情况。穆云姑娘也不傻，一个男生竭力想表现自己，并且把自己倒了个底儿朝天，不是喜欢自己，就是缺心眼，但春树看着不傻，那么肯定是前者居多。

穆云问春树："你这是自我推销还是要写自传小说？我也不是查户口的，你怎么什么都说啊？"

"主要是想坦诚点儿，有些事儿先知道了总是没坏处。"

"你不会是想追我吧？"穆云笑着问。

"正有此意。"

"就凭一顿火锅？"

"你要是愿意，请你一辈子都行。"

"别动不动就一辈子，你知道什么叫一辈子吗？"

"其实不知道，但你要信我，我会天天在你眼皮底下转悠的。"

"无聊。"

"我知道打认识到现在还没俩小时，你肯定觉得我特不靠谱，但我就是特别信缘分这事儿，刚才从那门进来的人，为什么不是别人，为什么偏偏就是你？你得信缘分。"

“我说不过你，但我得想想，行吗？”

春树连忙献殷勤，又是夹肉又是倒饮料，其实春树那会儿不知道，穆云刚刚结束了上一段感情，那段感情几乎是穆云的全部。穆云和前任从高中就好上了，一直到大学毕业，谁知道临近结婚的时候，男的竟然出轨，穆云万念俱灰，怎么可能这么快开始一段新感情？

打那次之后，春树就像着了魔一样，每天下班都提前走，就是为了接穆云下班，穆云爱吃火锅，春树就每个周末都带穆云去吃，春树从来都不问穆云什么时候接受自己，因为他觉得穆云就是他的，他不着急。

我从未见春树做事这么上心过，每次我找他他都没有时间，春树总说：“我跟你吃饭的时间，要是陪着穆云，你知道会增进多少感情吗？”我笑他简直走火入魔，他说我根本不懂爱情。

春树就这样从夏季一直追到了冬季，后来真正让穆云接受他，是因为中间有一段时间春树住院，因为连续的加班熬夜，加上饮食不规律，得了急性肠炎。一开始春树还不让我告诉穆云，说是怕她担心，穆云虽然表面没说什么，但这大半年的陪伴让她早已经习惯了春树的存在。

春树一下子消失了，穆云先是稳了两天，但后来实在是端不住了，给我打电话问春树去哪儿了，等穆云赶到医院看见躺在床上的春树时，眼泪唰地就下来了，拉着春树的手就不松开了。

我看这情形，我再站在这里春树估计得杀了我，便转身关门出去了。自医院见面之后俩人就算是好上了，为此春树特地大宴四方，还特地把那俩小子叫回来，我们谁都没想到春树能追到穆云，那俩小子更是无法相信他俩的相遇，一致认为应该效仿春树，说不定也能交个女朋友。

打从春树恋爱后，我就一直忍着这俩人的秀恩爱，吃饭腻在一起，走路腻在一起，就连看电影也腻在一起，最恶心的是，春树叫穆云小云云，穆云叫春树小树树，就为这俩称呼，我恶心了三天。

嫌烦是嫌烦，但看着春树和穆云在一起的样子，是真羡慕，同时也为春树高兴，能遇见穆云这么好的姑娘。春树极宠穆云，简直到了无药可救的地步。

有一次我跟他俩在大排档吃饭，穆云说肚子疼，小声地跟春树说好像大姨妈来了，春树二话不说，直奔超市，买回一大包卫生巾，穆云红着脸说他变态，然后春树非要抱着穆云吃饭，说凳子上凉，肚子会更疼的，说着就把穆云抱到大腿上。

想象一下这个画面，一对儿情侣在大排档起腻，女的坐在男人腿上，俩人互相喂着羊肉串，旁边一个单身狗走也不是，留也不是，像一团空气坐在那里，简直尴尬至死。

春树说他俩也吵架，但穆云从来不打他，每次一吵架，不管谁对谁错，穆云都会抬起手打自己，每次这时候春树就蔫儿了，抱着穆云不撒手，一个劲儿地道歉，说受不了穆云疼，简直恶心死我了。

吃个饭也是，甭管几点，只要穆云说饿了，春树立马起来做饭，吃鱼挑刺、吃虾剥虾、吃螃蟹剥螃蟹、吃鸡肉挑骨头、吃排骨喂嘴里，穆云自打跟了春树，体重直线飙升，已经快成植物人了。

有很长一段时间，我都不怎么和他俩见面，本来我就单身，还要承受着他俩这种非人道的秀恩爱方式，简直就是自取其辱，无法忍受。

最过分的一次是穆云快要过生日了，春树天天磨叽给穆云送什么礼物，后来看见穆云发了一条动态，说好想去看日本的樱花啊。你猜这傻瓜干吗了？他竟然请了三天假，一个人坐飞机去了日本，然后去公园里趁别人不注意折了几枝樱花回来。

他还一脸得意地说，穆云知道了肯定感动得要死，结果却是，当春树在穆云生日那天，拿出樱花送给穆云，说是自己好不容易去日本摘回来的，就是为了给她一个惊喜时，穆云气得把手里的水泼在了春树的脸上，说："你不会买机票带我一起去吗？你是真傻还是假傻？还浪漫，浪漫你大爷。"穆云气得转身出门，留下一脸无辜的春树，后来他说："我家穆云说得对，我为什么不带她一起去看呢？我为什么非要自己一个人去又折腾回来呢？为什么呢？我为什么这么缺心眼儿？”

其实现在想想，春树并不是缺心眼儿，他只是太爱穆云了，爱到不知道用什么方式来表达对穆云的好，以至他千方百计地付出，一心宠着穆云，从来不给自己留后路。

一年后春树把工作辞了，说要开火锅店，问我们几个加不加入，究其原因是穆云爱吃火锅，出去吃又总觉得不干净，还不如自己开一个算了，想法是好的，但我们总觉得他是在拉我们垫背。

不管怎么说，火锅店算是开起来了，生意也还不错，穆云仍旧上着班，我们几个也都一样，只有春树一个人在店里忙活，我们虽然说是股东，但其实每次去什么也帮不上，只是吃。

春树因为要一直在店里忙活，陪穆云的时间越来越少，他总觉得这和自己的初衷不一样了，春树也试探着让穆云也辞职，跟他一起看店，但穆云却不想放弃自己的音乐梦想，所以她希望春树能理解，春树当然能理解，因为只要是穆云说的话，他都听。

春节的时候，春树带穆云回哈尔滨见了父母，都挺满意，过完年回来之后他也去见了穆云的父母，两家都满意，他俩也都踏实了，打算等到五一就把婚礼办了。

我们这几个兄弟，虽然嘴上说烦他俩秀恩爱，但真是打心眼儿里替他们高兴，所谓有情人终成眷属。春树说一直很感谢我那天公司有事没来，不然肯定会错过穆云。

其实人和人就是那么回事，谁该遇见谁，冥冥之中都有安排，有的人你再喜欢，可对方不喜欢你，也全都白搭，就像春树和穆云撞见的时候，如果有一个人看不上对方，也就不会有后来的故事了。

可是再水到渠成的事儿，也抵不过世事难料。穆云的前男友因为工作、情场都失利了，竟又跑回来找穆云，穆云一开始是厌恶至极，可女人终归是女人，毕竟他是穆云的初恋男友，又是穆云付出感情最多的一个。

没办法拒绝得那么果断，也没接受得那么自然，总之俩人又有了来往，而这一切，春树都蒙在鼓里，至少在很长一段时间里，春树仍旧沉浸在店里的忙碌和对穆云的想念里。

但世间事就是如此，你越不想让某人知道的事儿，最后某人便一定会知道，也许真有老天也看不过去的说法吧。那天店里不是很忙，春树已经很久没有接穆云下班了，事先也没打电话，便直接在穆云工作的地方找了个咖啡店等着。

春树怎么也不会想到，等来的却是穆云和另外一个男人的有说有笑，春树见过那个男人，他在和穆云刚恋爱的时候，从穆云的手机屏保上见过，因为知道穆云难以割舍，春树从来没有强求过什么。

后来穆云被春树的付出所打动，主动把春树的照片设成屏保，为此春树美了好几天，到处炫耀。而眼前的这个男人，就是化成灰他也认得。春树一直以来都是直肠子，装不住事，也压不住火。

从咖啡店里冲出去的瞬间，就像饿狼捕食一般，在穆云根本还没看清是谁的时候，春树已经把那小子压在身下猛揍了几拳，穆云尖叫着让春树住手，春树像没听见似的，直到旁边的保安过来拉开春树。

“春树！你是不是有病啊？”

“我有病？他谁啊？他当初怎么对你的，你忘了？”

“就是朋友，见个面怎么了？”

“朋友？见面？穆云你真拿我当傻瓜啊？你敢说他没有企图？”

“懒得跟你说。”

说罢，穆云搀着那小子一步一瘸地走了，留下已经心碎的春树。春树后来说，他相信穆云没做过对不起他的事儿，他也后悔那天的冲动，但他看见他们站在一起的画面，就是受不了，想到他曾经背叛过穆云，如今又来搅和他们的关系，他实在没办法理性思考。

穆云提出了分手，任春树如何挽留都不为所动，只是说春树不讲道理，太大男子主义。春树被气得没办法，只问穆云：“我和那小子，你到底选谁？”穆云没回答，转身走了。

春树因为这事儿颓废了好久，我们又都不好说什么，当初他俩所有的好，我们都看在眼里，如今闹到这种地步，再多说什么也没用了。春树回哈尔滨待了很久，回来后把火锅店盘了出去，连同入股和分红的钱都退回到我们手里。

春树像变了一个人，即便在一起吃饭也不像从前那样能说了，更多的时候都是一个人喝酒，然后沉默。我知道，因为穆云这件事，他身体里有一部分已经彻底死去了。

穆云再也没联系过春树，就好像从来没认识过这个人一样，春树有时候会看着手机发呆，我知道他在等什么，但也知道他根本等不到，兄弟之间可以聊任何事，唯独对方失恋了，一句安慰话都说不出来。除了两个人默默地碰杯喝酒，剩下的就是长久的沉默。

我曾试着说穆云的坏话，都被春树挡了回去，他说："别说她不好，她没什么不好。"

春树决定三个月之后出国，带着所有积蓄。他说在成都喘不过气来，没人阻拦，没人劝解。我们都知道在这段感情里，春树付出了太多，也许离开对他而言是一件好事，至少换个环境不再睹物思人。

送春树走的那天，我们仨都挺难受的，但春树倒不觉得伤感，他说："我是去英国学习的，以前舍不得钱，现在好不容易下定决心，你们就别给我添堵了。"春树一直都喜欢游戏设计，开店之前也是做

想听听你的近况，悲欢喜乐或者烟酒脏话，

你在谁身旁？好坏我都接受。

其实错过一个人，并不太令人难受。

令人难受的是，错过那个人以后，再没有对的人来了。

这个工作的，想去英国再学习学习，一切从头再来。

春树离开的那段时间，就剩我一个人在成都了，工作忙起来的时候还好，空闲的时候，多少还是有些孤单，中间也碰见过几个姑娘，也想开始一段新感情，但想到春树最后的落寞，还是算了。

半年后，在一次参观会展的时候，偶然碰见了穆云，而穆云手挽着的男人，正是她的前男友，很明显他们复合了，看着穆云看他的眼神，我从未在她和春树在一起的时候见过。我到现在都觉得，穆云当初之所以接受春树，也许那段时间恰恰是她最脆弱的时候，而春树又刚好出现。

她之所以决定和春树在一起，也许更多的是因为春树对她好，一个女人很难拒绝一个对她好的男人，更何况春树对她已经不在好的范畴里了，简直就是溺爱和无底线的好。

也许人就是这样犯贱，你越在乎的人，可能越不在乎你，你当宝贝的人，在另一个人面前也许分文不值，一物降一物，一物多薄情。

穆云看见我之后，显得很尴尬，但毕竟我和她无仇无怨，只是彼此点了头，没说话。也许她爱这个男人，就像春树爱她一样，没有底线没有自我，有人错了吗？没有，只是看谁更爱谁了。

春树在英国一切顺利，偶尔在夜里和他视频喝酒聊天，他比以前更瘦了，但眼睛里的光也慢慢回来了，我们彼此很默契地不再提穆云，因为我们都知道，提了又有何用。

我从前不相信世事都有因果，可后来却深信不疑，穆云再一次被甩，那男的本性难移，和公司里的一个小姑娘好上了，我知道这些是因为突然有一天穆云跑到我家找我，哭诉了这些。

穆云说自己后悔了，求我给她春树的联系方式，因为春树出国之后便把所有的联系方式都断了，我没办法做这个决定，因为我根本不知道春树是否愿意，我也没权利替春树回答，我只是说："穆云，求你放过春树。"

穆云没再说话，只是说自己知道错了，和前男友之所以复合，是因为觉得还有感情，再加上春树把他打得很重，心里更过意不去，但复合之后她才知道当初春树有多爱她。

她把和春树相处的模式运用到前男友身上的时候，发现全都不管用了，她夜里饿了，对方只是说家里有泡面，自己煮去，而春树会说："小云云，你想吃啥，我给你买去。"

她身体不舒服，跟前男友说，对方让她多喝点儿热水，而春树会说："小云云哪儿不舒服？要不要去医院看看？要不我去给你买点儿药？"

有些人就是这样，只有在失去的时候，才意识到对方有多好，在一起的时候都会觉得理所当然，觉得自己本就应该这样被对待，好像全世界都是自己的，其实怎么可能呢，你不过是他爱的人而已，离开这个人之后，你什么也不是。

穆云深知这一点，所以她想竭尽全力地找回春树，后来我实在看不下去她频繁的哭诉，便把春树的联系方式给了她，后来我问春树怎么想的，春树说："还爱着，但也回不去了。"

老三谈了个女朋友，相亲认识的，打算年底结婚，春树说赶着回来，怎么也得参加老三的婚礼，老三要结婚这事儿，春树告诉了穆云，毕竟认识这么久了，甭管什么关系，也得祝贺一下。

春树回来的那天，我们都去接了，穆云也去了，春树出来后跟我们说了几句话，看了一眼穆云，笑着说："好久不见，穆姑娘。"

穆云眼里有泪，但到底没流出来，因为她察觉得到，她和春树之间隔着一堵无形的墙，亲近又陌生。老三的婚礼办得很隆重，婚礼上老三对着媳妇说了很多掏心窝子的话，穆云在底下抹眼泪，春树哭了，我们也都哭了，每个人哭的原因也许不一样，但我知道穆云和春树为什么哭，因为原本他俩也可以结婚的。

婚礼结束后，穆云说有话要对春树说，我们不好在跟前只能在远处等，一开始只是两个人轻轻地说话，到后来先是穆云哭，然后是春树哭，后来不知道因为什么，春树突然很大声地说话，近乎咆哮：

“穆云，这根本就是两码事，我承认我还爱你，因为我就没像爱你这样爱过别人，但事情不是你想的这么简单。就是因为我爱你，所以我无法忍受你做的事儿。

“在一起的时候，你总是喜欢和我争论对与错，有时候我不和你讲道理，因为和女人就是没道理可讲，你总是在语言上压倒我，但你知道吗，那并不代表你赢了，也不是你更有道理，而是我愿意让你赢，因为我喜欢你，不然你就会哭，那我赢了有什么意义？

“但你要知道，并不是我的每次妥协，都代表我错了，你已经习以为常了，你从来没想过我究竟错没错，你只在乎自己有没有胜利，可你难道真的不知道为什么总是你对吗？就是因为我爱你，我愿意为你做所有的事儿，因为你是我春树的女人，我愿意宠着。

“可后来呢？你情愿为了一个曾经负你的人，而选择抛弃我。我爱你，我尊重你所有的选择，如果你认为和他在一起比和我在一起更幸福，我愿意退出。可现在算什么？你后悔了，你觉得我更好了，又回来找我？我算什么？备胎，还是预备队？

“我知道你所有的缺点和优点，我知道你爱吃什么不爱吃什么，我甚至知道你喜欢什么颜色的口红，可你知道我什么？你知道我吃鸡蛋过敏吗？你知道我最喜欢睡懒觉，但为了你每天都起来做早饭吗？你知道我爱吃什么不爱吃什么吗？你不知道，你什么都不知道。

“可我不怪你，因为我爱你，所以我愿意所有的事儿都由我来做，我希望你在我这儿永远骄傲，永远是公主。我希望你一直在我身边，一辈子这样我也愿意，可你呢？你转身就走，没跟我多说一句话，我甚至怀疑你根本就不爱我，你现在回来找我，仅仅是因为没有人会像我这样对你好了。”

我和老四站在远处听得真切，春树一口气喊出了这些，好像要把身体里的氧气都喊出来，我知道这些话他已经憋了很久，他太委屈了，委屈到可以这么久不和我们说一个字。

穆云没再多说一个字，也许是春树说中了，也许是她觉得自己曾经太过分了，只是蹲在地上把头埋在膝盖里，无声地哭，春树像一棵树一样站在那里，没有悲伤没有情绪。

后来春树蹲下去，用手摸着穆云的头，然后把头抵在了穆云的头上，小声地说着什么。我们没再打扰他们，便先回去了。春树回来后不怎么说话，但看起来比之前好多了，也许那些话才是他感到压抑痛苦的原因，如今都说了出来，心里压着的石头也轻了许多。

一个星期之后，春树回英国了，谁也没让送，自己一个人拖着行李走了。穆云再也没有和我们联系过，时间长了也都断了联系，半年后因为工作调动，我离开成都去了北京，成都便再也没有认识的人了。

除了偶尔怀念和春树还有老三老四一起吃火锅的日子，也会想起穆云，不知道那天春树还说了什么，能让她彻底死了心，也许是什么绝情的话，只有他们自己知道了。

过了很久之后，穆云不知道在哪儿找到我的联系方式，跟我说她要结婚了，对方也是音乐老师，老实本分，对她也挺好的，问我能不能去参加婚礼，我不好拒绝，便问了日期和地址。

再回到成都的时候，才真感觉到了什么是物是人非，在成都的时候我给远在英国的春树打了个电话，我跟他说："你猜我在哪儿？我在成都，来参加穆云的婚礼。"电话那边一阵沉默，然后说："挺好，终于嫁了。"

我问春树："为啥挺好？感觉你如释重负。"

春树说："那倒没有，只是替她高兴，我也终于能放下了。"

"放下什么？"

"放下这段感情，重新开始。"

"既然放不下，当初为什么不接受她？"

"你要是深爱过一个人，就懂了，不接受不代表就不爱了，我爱的是曾经在我身边的穆云，而不是最后抛弃我的穆云，虽然她俩是同一个人，我最多也只能做到不接受也放不下的地步了。"

“为什么听说她结婚了，你才放下？”

“习惯让着她了，她没结婚没幸福呢，我怎么可能先结婚？”

婚礼结束后，春树发过来一段视频，是他录给穆云的，视频很短，春树在视频里说：“穆云，祝你新婚快乐，希望你一直幸福下去，红包已经汇到你的账户里了。”

我用手机把视频转给了穆云，过了半天，穆云发来一句话：“替我转告春树‘遇见你那天，火锅真好吃’。”

过了很久，穆云来北京出差，约我出来吃饭，问我春树发视频之前跟我说了什么，我一五一十地说给穆云听，直到说到那句话“习惯让着她了，她没结婚没幸福呢，我怎么可能先结婚”，穆云听后，泪如雨下。

春树回国的时候，穆云的娃都已经两岁了，春树在上海做游戏开发，身边虽然不缺撩他的姑娘，但他仍旧一直单身，真不知道他是真放下了还是放不下，只是回国之后春树再也不吃火锅了，他说国外待久了，吃不惯了，辣心，我知道，其实他是怕伤心。

身边的人有来有走，很多感情也都分分合合，春树仍旧一个人，除了偶尔的电话联系，因为工作太忙，也没怎么再聚，后来他到北京出差，便一起吃了饭，喝了几瓶酒后，我问春树：

“以后打算怎么办？总不能一直这么单着吧？”

“没合适的啊，能碰见就碰见，碰不见就单着，一辈子其实也没那么长。”

“对了，那次参加完老三婚礼，你蹲在穆云耳边说了什么？”

“你是我奉若珍宝的小云云，我是你黄粱一梦的小树树……”

我有一杯酒，可以慰风尘

过山涉水

如果说一段感情最终的失败，
是外力或者其他因素造成的，
那么两个人之间的隔阂才是最致命的。

1

春儿给我打电话说他媳妇生了，是个闺女，他在电话那头傻呵呵地笑着，我都能脑补出他的表情，这对他来说也许就是最大的幸福，我说："咱闺女像谁？"春儿说："当然像我媳妇儿了，像我就完了。"

挂了电话，我突然觉得，两个人的相遇也许都是注定，就像不同的星系，彼此不同的引力最终会把两个人拉近，然后在既定轨道上，永远地旋转注视。

我跟张春认识已经有十八年了，他是我身边唯一超过十年的朋友，如果没什么意外，我相信我跟他会一直这样混下去，毕竟也没什么可意外的了，他的前半生，已足够精彩。

我比张春大一岁，十年前我第一次见他的时候，他才九岁，那是1998年我家搬到建华胡同的时候，我坐在搬家的拖拉机后面，从进胡同口开始，就看见他流着鼻涕盯着我，当时觉得这小孩可真脏。

因为刚到一个新环境，从前的玩伴都没了，而胡同里要么是比我大很多的高中生，要么就是比我小很多的小屁孩儿，只有张春能和我玩到一起去，所以没办法，他只能跟我混了。

记得那时候有个电影，里面说的都是北京话，每句台词都带着儿化音，我觉得特好玩。等再见到张春的时候，我就开始叫他张春儿了，起初他还反抗，但我骗他说这样叫很洋气，只有北京人才这么叫呢，他才作罢。

以至于后来我连张春儿都不叫了，直接叫他春儿，他不止一次跟我说："我求你别再省略了，再省我就成'儿'了。"看在这么多年情分上，我没再减字，自此春儿变成了我叫他的名字。

我跟春儿是在一个小学念的书，都在三班，我坐最后一排，他坐第三排，春儿的学习成绩比我好很多，因为他是一个比我本分许多的孩子，上学永远都不会迟到，放学永远不会第一个走。

起初我跟春儿在一个班里这件事，并没有让我觉得有什么特别之处，除了每天放学回家顺路之外，我和他没有太多的交集，因为那时的我算是班里的活跃分子，春儿又特别蔫，所以我没办法承认他是我的朋友。

除了放假不上学期间，我和他会一起玩，绝大多数时间都是自己玩自己的。我记得春儿那时候特别喜欢玩黑白机，但他只有一个游戏卡，每次都跟在我的屁股后面求我借他新卡玩，为此我敲诈了他不少零食，多年以后他说："从那时候就能看出来，你比我聪明多了。"

春儿是一个特别厚道的人，无论是小时候，还是青春期，我俩从未吵过架红过脸。我自知自己是一个特别矫情的人，但凡遇到选择或者需要做决定的时候，春儿永远都以我的观点为准。

那时县城里刚有游戏厅，游戏厅对于我们来说简直就是天堂，每次去游戏厅都是我怂恿春儿跟我一起去的。每次他都像要嫁人的小媳妇儿一样，扭扭捏捏说不去，最后实在说不过我，就说这是最后一次。

美好的时光也不会永无止境，在一次我们正玩得高兴时，我们两家的家长找来了，在那个年纪去游戏厅简直可以用不可饶恕来形容了。虽然到现在我也没觉得有什么不妥，无非是会分散一些精力罢了。

家长找到我们后，先问是谁带的头，春儿看了我一眼说："我俩都想玩。"

得，虽然没出卖我，但也没保我，就这样我俩非常平均地挨了一顿揍，不过男孩子在那个年纪挨几顿打也是再正常不过的事了，但春儿不觉得，他家里人很少打他，每次打完他都要失落好一阵子，觉得自己不是好孩子了，说再也不会跟我一起玩了，但没几天又死皮赖脸地说："走啊，玩去啊？"

小学的时光就这样过去了，如今回头看时间过得太快，一夜之间就回不去了。

2

等到上初中时，我跟春儿就彻底分开了，因为我成绩不好，去了四中，他去了二中。两个学校正好位于城市的最东边和最西边，见面的时间变少了很多，虽然仍在一个胡同，但也只能晚上或者周末才见面。

也正是那个时候，我和春儿才真正成了兄弟，因为时常不见面，见面时也会显得很亲，虽说同学关系很近，但年纪大一点才觉得，还是儿时攒下的人最值得珍惜。

上了初中后的春儿越来越踏实，按时补课认真学习，不像我，每天就琢磨哪个姑娘漂亮、交个笔友之类的，总之我妈就经常跟我说："你看人家张春，学习就是比你刻苦，人家从来都不瞎玩，哪像你跟个猴子似的。"

的确，春儿确实比我安分守己得多，每天上学背的书包都是双肩一起背，我却总喜欢单肩背，春儿的衬衣的第一个扣子都会扣上，我恨不得敞着怀上学。

在学校禁止男生留长发的时候，我是第一个留长头发的，虽然现在回想起来非主流得不行，但当时觉得帅得不行。

春儿和我站在一起，就像是三好学生和一个混子的对比，当然了，我自然没必要这样贬低自己，毕竟世事难料，谁也不会想到当年打架、斗殴、早恋、翘课的那个混子，如今会坐在电脑前写这篇故事。

春儿是初二那年不念的，特别突然，一丁点儿的预兆都没有，这可把春儿妈急坏了，怎么问都问不出个所以然来，就是死活不念了，最后还是我问出的原因。

春儿说："我知道自己的脑袋什么样，别看我平时成绩还行，那都是拼了命地死记硬背的结果，没人知道我学得多吃力，初二以后更觉得跟不上了。"

"那你就打算不念了？才初二啊，你以后打算干吗去啊？"我不解地问。

"学个一技之长，饿不死就行呗。"春儿好像特别无所谓。

生活被春儿说得好像轻松无比，也许是那时他还没真的进入社会，觉得只要努力奋斗生活就一定会给他想要的，其实怎么可能呢，有些时候，生活的难处都是自己曾经埋的雷，说不定哪天就踩到了。

春儿就这样退学了，没有波澜，没有挣扎，像是一个做了很久的决定。从那时候我才真正了解春儿，自己认定的事儿，任谁劝都没用，后来他的确也证明了这一点。

整个胡同里的人，谁也没想到曾经最老实本分的春儿会退学，最调皮捣蛋的我却仍旧凑合地上学。生活就是这样，你越是费尽心机地去规划什么，越会被打乱。

退学后的春儿变得无所事事，来找我的时间越来越多，我俩去网吧的次数也越来越多，家里也不管了，毕竟管我我也不怎么听，春儿也不念了，家里人再说什么也没用了。

那时候春儿还说：“还记得以前咱俩上初一那会儿，网吧刚有，咱俩把早饭钱省下了去上网，家里追得紧看得严，如今有大把的时间，却又不怎么想去了，你说这人是不是贱啊？”我没说话，我知道春儿是有些难过。

3

春儿走的那天正好是我上学的时候，他特意选的周三，就是怕我送他，他让我妈给我带的话，他说：“打从跟你认识，就没分开过，就不用你送啦。”

如果当时春儿站在我面前，我一定踢他一脚，骂他为什么说得这么肉麻，恶心得我都想哭了。春儿去的城市是一座石油重镇，他舅舅在那儿开了一家火锅店，春儿过去是在厨房做学徒，严格意义上说就是配菜。

我无法想象曾经什么活儿都没干过的春儿，穿着凉拖，在闷热的厨房里切菜是一种怎样的情景。因为那时候还没有手机，我只能在他下班后去网吧和他视频。

视频里的春儿瘦了许多，以前他的屁股有很多肉，我最喜欢做的事儿，就是他在前面走，我在后面踢着他的屁股，乐此不疲。

“怎么样啊？在那边累吗？”

“还成，就是太热了，每天出的汗都够洗澡的了。”

“后悔不？”

“……不后悔，自己选的路，怎么也得走完啊。”

“以后有啥打算？”

“先学手艺呗，完了再考虑别的。”

春儿就这样踏踏实实地在火锅店一干就是两年，这两年期间我们只见过两次，都是在春节的时候。春儿每次回来都和之前不一样，以前春儿不爱说话，一般都是我不停地说，春儿负责回答。

但是工作两年的春儿与之前截然不同，变得开朗并且健谈，一开始让我很不适应，就像重新认识一个人的感觉，后来就变成春儿一个人说在那边的事儿，我负责点头应付。

等春儿在那边已经干了三年的时候，我已经上了高一，因为之前我是学美术的，那个时候统一称作特长生，为此我还上了我们那儿最牛的重点高中，仅仅是因为画得好。

但我自知我的成绩如何，从高一的第二个学期开始，我就发现无论我多么集中注意力，无论我多么认真听课，我都无法跟上老师的思路，没多久我就彻底放弃了，成绩一落千丈。

直到那时我才真正开始理解春儿，当时为什么毅然决然地选择退学，因为到了那个节骨眼上，的确是付出多少努力都没用，本身我的底子就薄，再加上是重点高中，讲课的节奏要快很多，终于在高一的第二学期的某一天，我决定退学。

那是一个很偶然的决定，如果那天没有发生那件事，也许我如今的身份也是一个大学生了，甭管哪个学校，起码也能混个大学上，但那天不知道因为什么，我无法去冷静思考以及明确判断。

因为下午的第一节课我是强忍着听完的，第二节课又是英语，实在挺不住后我趴在桌子上睡着了。正好那时班主任巡查，在后门看见我睡觉，等到下课期间，当着全班同学的面让我下午叫家长过来。

也许是刚睡醒的缘故，也许是年少冲动的缘故，总之就是我脱口而出一句话："不用找了，下午我就收拾东西，我不念了。"

班主任被我突如其来的一句话吓了一跳，但毕竟她见过太多学生了，随即不再说话就出去了。班里瞬间像炸开了锅一样，同学都跑过来问我真的假的，因为在他们眼里以我的专业水平，上一个不错的大学肯定没问题，怎么可能就这样随便地放弃。

4

其实人们不知道的是，所有关乎人生转折的决定，都是在不经意间做出的，没时间去思考对错，没逻辑去评判是非。每个人的人生轨迹都是既定的，在那个时间，就会发生某件事，驱使着你前进。

最终，我如愿以偿地退学了，当了十几年的学生，突然有一天发现自己不是了，竟然还有些不习惯。退学后的第一时间，我就给春儿打了电话，我说："春儿，你猜哥们我现在干吗呢？"

"你能干吗，上学、谈恋爱呗。"

"错，哥们我今儿退学了。"

"咱能不把退学说得这么荣耀吗？多光彩的事啊？"

“必须的啊，我现在得向你学习了，您是前辈啊，我这都晚了。”

“行了，别扯了，说说接下来咋办啊你。”

“这个暂时没想过，先混一天是一天吧。”

我说的的确是实话，那段日子是我有史以来最低迷颓废的日子，一下子从学生变成无业游民，的确有些无所事事。每天看着其他年纪相仿的同学背着书包去上学，说一点儿都没后悔过，那是假的，但想到春儿曾说过的话，便又觉得充满动力。

“自己选的路，怎么也得走完啊。”

正当我在家无所事事的时候，春儿竟然回来了，他说他不想再待在那个城市了，而且配菜的工作也做够了，毕竟男人最后还是得学一样手艺的，不然以后没办法养活自己。

春儿后来冥思苦想，终于想到应该学什么手艺了，学理发去，毕竟他文化程度不高，这项手艺门槛又低。春儿找了一家比较大的美发店当起了学徒，他表现出前所未有的热情，好像要把这行业当作终身事业来做。

经过半年的学习，春儿已经可以独当一面了，一般的发型他都能应对，但我却再也不想让他给我理发了，因为刚开始那会儿，他只能用我的脑袋练习技术，可供练习的头型模特太贵了，若是剪坏了，又要重新买。

所以这小子就求我给他当模特，每次头发长出寸把长，就会被他拉去剪发，以至于那半年我的脑袋处于头发短缺的状态，像极了四十岁不到就开始脱发的猥琐大叔。

但好在这小子还算有良心，每次剪发后都会请我喝酒，不到一年，春儿已经成为他们店里的大工了。而我也没闲着，经过一年的时间，我在家里把 PS、AI 还有 3DMAX 三款设计软件都学会了。

我们都在各自的道路上前行，并且为曾经的选择持有应有的态度。我因为学会了这些设计软件，想在本地找一些工作来着，但对于这个并不算发达的北方小镇来说，设计往往养活不了一个人。

在 2007 年，我决定去北京发展，当我把这个想法跟春儿说了之后，他先是一愣，然后觉得不太现实。毕竟我是一个高中都没毕业的人，手里只有一个初中毕业证，出去非饿死不可。

那时候，也不知从哪儿来的勇气，我跟春儿说："我给自己一个星期的时间，如果一个星期之内找不到工作，我就当到首都旅游了，如果找到了，我就算成了。"

他说本不想给我鼓励，但人一辈子总该闯闯的，春儿说："你先去，在那边若是站住脚了，我随后就来。”春儿后来食言了，我的确用了不到一个星期的时间找到工作，但他死活就是不来，说是不习惯大城市的生活。

5

春儿选择去葫芦岛，是一个连三线都够不着的城市，用他的话来说“比老家强一些，比大城市弱一些”。他骨子里其实还是曾经的那个胆小少年，我知道他怕自己的能力不够，但也没再多劝他，毕竟每个人的选择都不一样，即便是最好的兄弟，人生的轨迹也会截然不同。

来北京之后，我谈了两个女朋友，但都以失败告终，毕竟在这样的一个城市里，你若是想找肯和你一起吃苦奋斗的姑娘，还是挺难的。

等再和春儿打电话的时候，春儿在那边一个劲儿地笑，我问他咋了他也不说，后来终于说：“我谈了个女朋友，葫芦岛这边的，人特好。”

“哎哟，我们春儿长大了啊，也知道谈恋爱了啊，啥时候带过来给我看看？”

“春节吧，等过年了，我领回去，一起认识认识。”

看你第一眼就知道，我们没有来日方长。

我听得出来，春儿挺高兴的，据我所知这应该是他的初恋，年少时我曾逗过他，为什么不早恋呢？就年轻这一回啊，以后会后悔的，春儿说：“不一定啊，每个人的选择不同，我觉得好的爱情应该是让人奋不顾身的。”

也许在不懂爱情的人面前，你怎么解释爱情都没用，这必须他自己亲身体验，春儿就是这样的人，也许是天生厚道，春儿对他女朋友特别好，也许春儿对爱情的理解就是，拼了命对人家好。

春节的时候我终于见到了春儿的女朋友，挺漂亮的一个姑娘，看起来应该比春儿小几岁，而且挺会待人接物的，第一次见我就特热情：“你好，我是张春的女朋友，我叫苏欢。”

苏欢是第一次来东北，虽然在我的印象里，葫芦岛应该也属于北方，但她对这里的一切都很好奇。她是一个特别好说话的姑娘，春儿家里做什么，她吃什么，从来不挑挑拣拣，春儿的母亲却不以为然。

春儿的母亲认为苏欢配不上她家儿子，原因很简单，苏欢的个子有些矮，她觉得自己儿子找这样的儿媳妇有些可惜了，所以平时在和苏欢的接触中，或多或少会表现出不满的情绪。

但苏欢好像从来都不在意，也许是她不够细心，也许是察觉出来后选择默不作声。春儿的母亲不止一次跟他说她不满意这个儿媳妇，春儿也没办法，心想自己喜欢就可以了。

春儿是一个特别孝顺的孩子，小时候我们出去玩，不管是去哪儿，只要是离开胡同，春儿肯定要跑回家告诉他妈一声，为此我们曾不止一次地笑话过他，所以在苏欢这件事上，春儿的想法出现了变化。

因为苏欢是第一次来这边，我和春儿带她去了很多好玩的地方，让我印象最深的一次就是，苏欢的脚扭了，没办法走路，春儿二话不说直接背起苏欢往回走。我记得那是一段很长的路，春儿一次都没放下，以至于走到楼下，春儿也没舍得让苏欢下地。

他愣是背着苏欢上到六楼，我一个人走回来再爬六楼都觉得累得不行，春儿竟然没喊过一声累，那时候我就觉得，这个弟妹没别人了，除她之外春儿不会喜欢任何人。

6

如果说一段感情最终的失败，是外力或者其他因素造成的，那么两个人之间的隔阂才是最致命的。春儿和苏欢回到葫芦岛后，我很久没再联系他们，平时只是偶尔打电话，顺带着问问苏欢的近况。

半年之后，等我再问春儿什么时候和苏欢结婚时，春儿在电话那头沉默了很久，然后说："我跟苏欢分手了，已经是一个多月前的事儿了。"

我蒙了半天，这件事是我从未想过的，因为在我看来，春儿和苏欢一定是会结婚的那种。当初在东北的时候，春儿的母亲已经和苏欢谈论过结婚这件事了。苏欢的意思是在葫芦岛买个楼结婚就行，哪怕首付是春儿家里出，以后小两口慢慢奋斗还贷款，也可以。

更主要的是，苏欢说楼买完之后，房子的装修费和买车的钱，都由她家出，在我看来这样的条件简直可以说是送媳妇了。但即便这样，春儿的母亲还是不满意，希望首付一家一半，至此苏欢才真的开始有些不满。

毕竟苏欢已经退让了一大部分，葫芦岛的房价也不是很贵，她觉得春儿的母亲太过斤斤计较，而且不懂得什么叫见好就收，这次谈话双方不欢而散，至此谁也没再提过结婚这事。

在东北这一段不愉快的经历，应该在那时候就藏在两个人心里了，尤其是苏欢。春儿其实是一个特别没主见的人，家里人说什么就是什么，他再争取也没什么意义，只能走一步看一步。

但真正让春儿和苏欢分手的却是另一件事。据春儿和我讲的是，回到葫芦岛半年后，他觉得店里生意不太好做，便想去秦皇岛发展，有一个哥哥在那边，什么事也会有个照应。

就这样，春儿决定去秦皇岛发展，因为苏欢的家在葫芦岛，俩人决定春儿在那边稳定后，苏欢再跟去。春儿走后半年，苏欢有几次想去看春儿，但都被春儿拒绝了，来回路费也不少，而且住宿也不方便。

但后来春儿想回去看苏欢，却又被苏欢拒绝了，理由是在那边好好赚钱，别来回跑了。

两个人看起来好像都是为对方着想，其实都在一点点推开对方。春儿后来说，他当时觉得有些不对，因为以前苏欢对他的态度不是这样的，如今冷漠了许多。

真正的导火索是春儿有一天下班给苏欢打电话，那边接起电话的竟然是个男人，只是说了一句苏欢不在，便挂断了电话，春儿越想越觉得不对劲，等再打过去的时候电话已经关机了。

春儿没告诉苏欢便买票回了葫芦岛，等见了面，春儿明显感觉苏欢对他的态度变了，在他的一再追问下，苏欢终于承认，那天接春儿电话的人，是她的前男友。

至于具体原因和细节，我没问春儿，但这件事已经触及春儿的底线，虽然苏欢解释说并没其他的事，只是和前男友见了面，但春儿根本听不进解释，并且认为苏欢背叛了他。

这里面究竟发生了什么事，没人知道，也许苏欢说的是真话，仅仅和前男友见了面，也许只是巧合被前男友接了电话，总之三言两语解释不清，可能永远都无法说清。

7

春儿执意要分手，谁劝也不管用，其间苏欢找过我许多次，让我劝劝春儿别冲动，但春儿一门心思认准苏欢背叛他。我感觉得到苏欢不想分手，也许她只是和前男友暧昧不清，也许只是普通朋友，但至少她明白，春儿是真心对她好的人。

即便是我，和春儿说起这件事，他也都是不耐烦的样子，很明确地表示说别的可以，但别提苏欢。为此他拉黑了所有和苏欢的联系方式，不留半分情面。我能理解春儿的愤怒，因为当你把一颗真心都放在一个人身上，最后换来的是背叛时，即便再舍不得，也会忍痛割爱。

至此，苏欢彻底和春儿没了联系，只是偶尔会通过我问一些春儿的近况，言语里仍是不舍和遗憾，我想劝，又不知该从何说起，毕竟他们之间的事，不是外人可以说明白的。

和苏欢分手后，春儿近半年没有消息，后来还是苏欢找我说："你知道春儿谈了个女友，叫肖晴吗？"我表示根本没听他提起过，但我更好奇的是苏欢是怎么知道的。

原来苏欢有一个朋友和春儿在一个店里工作，所以春儿有什么动态，苏欢都是第一时间知道，我不得不感叹女人心思的缜密和苏欢对春儿的一往情深。

但苏欢接下来说的消息，却让我始料未及：“春儿找的女朋友，离过婚，还有一个女儿。”我不知道该如何回复苏欢，我明白苏欢的意思，她是想让我劝劝春儿，别犯傻，去找个离婚的女人，而且还有个孩子，这简直就是拖累。

但我无法接受，因为选择谁，是每个人自己的权利，谁也不能说离过婚的人，就一定低人一等。那些离婚的人不过是发现这段感情无法维系下去，离婚是对两个人最好的交代。

究其原因无非是那一张纸而已，说白了，这跟分手没什么区别，只不过是将结婚证变成离婚证而已。

所以我向来不喜欢有人以某个人是否离婚来衡量这个人的价值，这是社会最畸形的观念，但我又不能说出我的不满，我只能应付苏欢说会劝劝春儿的。

我给春儿打电话问他是不是真的，他在那边支支吾吾地不说话，最后终于承认是真的，我问他为什么不告诉我，他说不好意思。

我一早就想到他会这样说，一个二十出头的小伙子，找了一个离过婚还有孩子的女人，这换了谁家估计都会炸锅的。我能理解春儿，但春儿的父母却不这么认为。

春儿本来想能瞒多久是多久，奈何苏欢提前告诉了春儿的母亲，因为苏欢觉得春儿的任何决定都听从父母的意见，如果他的父母不同意，那么这件事一定成不了，更何况春儿的母亲是那么保守的人。

但苏欢没想到的是，她越是这样做，越是没有机会，春儿会越来越恨她，觉得她心机太重。但我能理解苏欢的是，她想重新和春儿在一起，她所做的一切，都不过是希望春儿能回到她身边。

这一切因为爱情，但又因爱生错，自此春儿和她是一点关系都没有了。也许苏欢只是气不过，凭什么她一个姑娘家，她不要，偏偏去找离过婚的女人？即便她得不到他，她也不会让别人得到。

我能理解苏欢，但无法认同她，只能说曾经拥有时不珍惜，失去后才后悔莫及。

8

虽然春儿不会再接受苏欢，但春儿的父母也的确炸了，在和春儿确认消息属实的情况下，春儿的母亲找了春儿的哥哥姐姐，包括我在内，让我们劝阻春儿和肖晴的交往。

春儿当时的压力可想而知，因为我在北京他在秦皇岛，电话里根本没办法说清楚这件事，春儿只跟我说了一句话："这女人我娶定了。"我太了解他了，他认定的事是没办法改变的，那语气就同当年决定退学时一模一样，所以我选择支持并理解他。

春儿的父母没办法，只想到了一个办法，把春儿弄回东北老家，哪怕天天在家吃白饭，也不许他再出去了，那段日子对春儿来说的确是难熬的。父亲说如果不分手，就要打断春儿的腿；母亲说如果不分手，就不认这个儿子。但归根结底，都是气话，春儿什么脾气、秉性他们最了解。

在东北的这段日子，春儿也没中断和肖晴的来往，有时感情就是这样，越是受到层层阻碍，越会让两个人觉得相守不易，反而会抓得更紧。

这就像当年我们早恋的时候，课堂上偷偷传纸条，下课后找机会聊天，被老师、家长发现后，表面说分手不联系，但背地里仍然坚守爱情。可到了可以谈恋爱的年纪，却发现当年早恋的那个人，不知道什么时候已经不联系了，这也许就是爱情让人捉摸不透的地方吧。

和肖晴在一起这件事，基本上是春儿在和整个家族抗争，他们家里无法接受一个还没结过婚的小伙子，去娶一个离过婚还有一个孩子的女人，他们认为这是丢人的事儿，甚至觉得晦气不吉利，会在邻里乡亲之间抬不起头来，等等。

春儿没办法去过多地解释，那时候春儿唯一的办法就是绝食，虽然后来他跟我说起时我觉得幼稚，但那时候他想不到其他的办法。春儿的绝食起了作用，当妈的自然看不了儿子受苦，三天之后春儿的母亲败下阵来，说是不再管他了，任由他去。

春儿又一次回到秦皇岛，虽然家里仍然不支持，但已经不那么反对了。这让春儿觉得这事可能有希望，而我对于肖晴这个女人所了解的信息仅仅是从别人口中得来的，无法拼凑出一个完整的模样。

肖晴后来做的一件事让我终于明白，为什么春儿会选择和这个女人结婚。肖晴知道最反对他们在一起的人就是春儿的母亲，于是通过春儿的手机，找到了联系方式，发了很多短信过去。

起初春儿的母亲语气还很强硬，说什么都不行，但肖晴不气也不恼，就是心平气和地说，一口一个伯母叫着，并且把自己离婚的原因都说得很清楚，孩子没在她身边，跟了男方。每个月只需要她给一些生活费就好，而且这些钱也不会让春儿出，她之前也有一些积蓄。

肖晴之所以会离婚，是因为结婚后她才发现前夫竟然吸毒，而且有家庭暴力。虽然孩子已经生了，但肖晴不想自己的大半辈子都毁在这个男人身上，只能选择离婚，这可能是她最不曾想到的结果。

春儿的母亲知道了来龙去脉，语气缓和了许多，虽然没有说支持，但也不再说那些难听的话了。

9

前年冬天，春节的时候，春儿把肖晴带回家了。那是我第一次见到肖晴，一个看起来毫无攻击性的女人，说话声音不大，有问有答，但从不会主动说话，也许是生疏也许是保守，总之和苏欢完全是两种人。

春儿这次带肖晴回来的主要目的，就是想跟父母谈结婚的事儿，当初苏欢的事儿让大家不欢而散，如今春儿的父母却再也说不出来什么，如果当初他们同意春儿和苏欢的事儿，那么春儿就不会去秦皇岛，春儿和苏欢也不会因为分开而有问题，更不会分手。

但生活就是如此，也许每一次的抉择都会换来另一件事的反转，我们无能为力，但求无愧于心就好。最后的结果就是，春儿的父母同意春儿和肖晴结婚，出钱在秦皇岛买了房子，并且费用全部由男方出。

而当初苏欢要的只是一个首付，剩下的都归苏欢家出，也许这里的心酸和后悔只有春儿的父母能体会。但谁也不能说春儿娶了苏欢就一定会幸福，这些对错不过是我们外人的看法，真正值得与否，只有春儿自己知道。我也仅仅见过肖晴两次面，一次是春节回家，一次是在春儿和肖晴的婚礼上。

其实不管怎样，我都希望春儿能幸福，毕竟他和肖晴在一起也是来之不易。春儿现在开了一家理发店，当上了小老板，因为肖晴之前就是他的同事，所以平时也帮得上忙。

没什么太大的波澜，也没什么荣华富贵，仅仅是生活里的琐碎，以及属于他们的小幸福。我曾经不止一次地想问春儿，是什么原因让他当初放弃了想回来的苏欢，并且认定肖晴这个人。

但我觉得当初那件事应该对他的伤害挺大，便一直忍着没敢多问，但直到开头的时候，春儿给我打电话，说他媳妇儿生了，是个闺女，他一直想要个闺女，电话那头他笑得开心极了。

所以我想，现在问他那个问题也许再合适不过了，对于现在的春儿来说，曾经的一切都是过往了，如今眼前的女儿才是他以后奋斗的目标。

所以当我问完这个问题后，春儿先是愣了一下，然后就哈哈大笑起来，他说："以前我还纳闷，你为什么不问这个事儿，你应该比任何人都好奇的。"

我说："那毕竟是你的私事，关系再好，你若不想答，问了岂不是会让你为难。"

"其实，也没有什么特别的原因，只是那时候不懂什么叫爱情。毕竟自己是第一次谈恋爱，觉得什么都要对人家好，哪怕有一点儿争吵，都会想成是自己的问题，就像当初她说累了，我宁愿一直背着她，也不忍心让她受累，我想在我的能力范围里，给她最好的一切。”

“可你最后的表现，却是最狠心的。”

“你知道什么叫宁折不弯吗？我当初跟苏欢就像一根钢条，我时刻把自己绷得特别紧，就怕她觉得我哪儿对她不好，回东北谈结婚那件事儿之后，我就怕她多想，处处忍让她，但她还是不停地挑我毛病。”

“那你以前为什么不说？”

“说了也没用，那时她的心思早就不在我身上了，我一直在她身边照顾她，她已经习以为常了，后来我觉得分开一段时间也许会好一些，或许分隔两地，她才会知道我的好吧。”

“但结果，却事与愿违了……”

10

“我猜得到，但没想到来得那么快，我知道也许她和她的前男友没什么，但我心里就是过不去那个坎儿，不管怎样我都接受不了她了，她好像变成了一个不相干的人，我也无法理解，我曾经那么宝贝的一个人，如今在我心里却掀不起一点儿波澜。”

“这再正常不过了，因为你不爱她了，所以她就变成了一个普通人。”

“直到后来我遇见肖晴，我才知道感情里的付出是相互的，我也终于知道被人照顾是什么样的感觉。以前苏欢脱下来的衣服和鞋子，都是我洗的，当时不觉得有什么问题，但当我和肖晴在一起后，每次我脱下来的衣服，肖晴都第一时间洗好。”

“仅仅是因为这些？”

“其实具体的事儿也说不出来，都是一些细枝末节的小事，比如出去吃饭苏欢永远喜欢新开的店，而肖晴永远都觉得去饭店是一种浪费，每次去饭店肖晴总是说这一盘菜，在家里做会省一半钱。这些小事让我认定肖晴就是那个对的人。”

“每个人的冷暖，其实都只有自己知道。”

“对啊，所以我根本没管她有没有离婚，我只知道这个女人值得我去保护，并且我愿意付出一切可以付出的东西。苏欢也许没错，我也没错，我们只是过早地在一起罢了，错的人，总会分开的。”

如今想想，其实在最开始的时候，春儿就知道自己想要什么了。只是我们这些不相干的人在胡乱地给意见、出谋划策，其实局外人根本不懂当事人想要什么，我们都习惯于用自己的逻辑思维改造别人的思维，却忘记了去设身处地地替对方想想，自打春儿的这事儿以后，身边所有人的情感问题，我一概不参与，我只说："这是你自己的事，外人无法评判对错，你只需要问心无愧就好。"

后来的某一天，苏欢给我发信息，随便聊了聊近况，说她交了新的男朋友，但总觉得哪里不对，对她总是忽冷忽热，她说："可能再也没有人，会比春儿对我还好了。"

我说："春儿结婚了，女儿也出生了，你该放下了。"

苏欢再没回信息，也许不知道回什么，也许正难过地哭泣，也许觉得自己真该放下了，就在我放下手机的一刻，苏欢的头像显示有一条新信息，我点开头像，看到了这样一段话：

"他是应该恨我的，如果不是他一再地迁就我，也许我们早就分手了。我仗着他的喜欢，做自己认为对的事，最后把他逼走。如今回过头想，若他像我对他这般对我，我也许早就走了。

"当我发现我彻底地失去他的时候，我才知道已经爱他无法割舍，我们曾跋山涉水地相爱，但这都是我一个人的后知后觉，我羡慕肖晴，可以拥有这么好的春儿，我怪自己错过这么好的人。

"如果你见到春儿，希望你告诉他，别再恨我了，那时的我不懂事。"

等我回复的时候，才发现苏欢已经把我拉黑了，苏欢一直把我当作她和春儿沟通的纽带，如今把我拉黑了，看来是真的放下了。

我突然觉得这或许是最好的结局，苏欢教会春儿什么是付出，春儿教会苏欢什么叫回报，而肖晴教会了春儿什么才是爱情。

后来我跟春儿喝酒的时候，把苏欢最后的那句话，说给他听。

春儿听后半天没说话，给自己的杯里倒满了酒，红着眼眶，一饮而下，这也许是最好的回应。

爱过的人，都来不及挽留和说再见，我们都会在红尘里各自遗忘。

我 有 一 杯 酒 ， 可 以 慰 风 尘

//

如果我们不能在一起
那生活还有什么意义
What value there will be
if we are not together?

十九小寒

以前总觉得“有缘自会相见”，
后来才明白“心里有爱才会重逢”。

那些看起来岁月静好的感情，也许曾经都经历过刻骨铭心的磨炼，没有人必须在一起，也没有人不应该在一起，所有的聚散离合，或许都是命中注定。

据刘十九所说，他跟杨小寒十年前就认识了，那会儿刘十九上高中，整天满脑子都是网吧里的游戏，根本没心思学习。

老师实在没办法，就把杨小寒弄到他旁边当了同桌，杨小寒的学习成绩一直是班里数一数二的，老师也是想近朱者赤一下，希望借此能让刘十九有个好的环境。

可能是老师低估了刘十九不要脸的程度，也许是高估了杨小寒的能力，总之最后的结果就是，杨小寒的成绩下来了，而刘十九的成绩还没上去。

每次上课刘十九都在下面乱动，杨小寒说他的时候他又不听，气得杨小寒直发抖，那段时间，每天晚上放学后的杨小寒都红着眼睛回家，刘十九却不以为然，他总觉得老师是故意针对他。

杨小寒找老师说过好几次："刘十九就是个小混混，他总是欺负我，我让他做的他都不做，不让他做的，他偏做。"说到这儿的时候，杨小寒委屈得直掉眼泪。

后来老师就很无奈地打算放弃刘十九，基本上就是让他自生自灭了，但在他灭了之前，不能再搭上一个杨小寒吧，所以一个学期后又打算把杨小寒从他旁边调走。

人就是这样，天长地久的陪伴不觉得什么，一旦要失去了，就会觉得世界开始坍塌。总觉得在身边的都是天经地义的，其实怎么可能呢？那些最后让我们难以割舍的情感，早就在平淡日子里深入骨髓了。

这下刘十九不干了，用他的话说，他高中当了两年的光棍，刚感觉到异性的存在，不能就这么狠心吧？但老师不答应，刘十九软磨硬泡跟老师发誓，保证下次考试一定前进五名，其实刘十九是全班倒数第一，前进五名虽然进步不大，但对于他来说，已经是破天荒了。

刘十九这么一说，老师也觉得可以再信他一次，这才暂时保住了杨小寒这个同桌，其实一开始刘十九挺讨厌杨小寒的，毕竟自己一个人自由惯了，突然来一个管自己的人，多少会有些不习惯。

但碍于对方是个姑娘，他只能忍着，刚开始每天早晨的第一节课，是刘十九用来补觉的，但自从杨小寒来了之后，每次他一睡觉，杨小寒就用胳膊肘捅他说："刘十九，你别睡了，老师一会儿该来了。"

杨小寒声音小小的，紧张又带着不好意思，但足够让刘十九听清楚。

“哎呀，没事，我再睡会儿。”刘十九不耐烦地说着。

“刘十九，你爹妈给你拿钱上学，就是让你来睡觉的吗？”

杨小寒明显生气了，但声音仍旧很小。

“烦死了，不睡了行不行？”刘十九极其不耐烦地说。

后来每天早晨的第一节课，刘十九再没睡过觉，他怕老师把杨小寒换走，他怕自己又会回到从前的状态，他也觉得杨小寒说得有道理，再这么不懂事，该让人家瞧不起了。

而杨小寒的学习成绩之前之所以下降，就是因为每天要帮刘十九写作业，还要看着他，她总觉得老师交代的任务不能应付了事，而且她觉得刘十九也不是特别坏，虽然他是全班学习成绩最差的那个，但她仍然觉得刘十九能学好。

杨小寒觉得刘十九心地善良，她有好几次都看见刘十九把中午的午饭分出去很多，喂给在学校旁边流浪的小狗，她觉得刘十九就是贪玩了点儿，但只要心是好的，就肯定会变好。

一个姑娘若是在心里觉得这个男人心地善良，基本上就已经打了合格分数，后面的一切都是锦上添花，很多男人都不知道这个道理，一个姑娘对一个男人失望，永远都不会因为他没有钱，根本原因是他从不去努力改变现状。

日子就这么过着，无聊又充满着憧憬，人最怕的其实就是习以为常，刘十九已经习惯了每天带早点过来给杨小寒吃，也习惯了杨小寒偶尔的唠叨，他觉得日子比以前有意思多了，刘十九甚至特不要脸地跟杨小寒说：“你对我这么好，将来我娶你当我媳妇吧。”

杨小寒臊得脸红，在桌子底下狠狠地掐了刘十九一下，但后来在上课的时候，刘十九没注意到，杨小寒是笑着上完整堂课的，少女的心里也许从那一天开始，就种下了种子。

而真正让刘十九发现自己难以割舍杨小寒的，就是那天老师要把杨小寒调走，他打心眼儿里害怕，他怕自己心里想着的事儿这么快就破灭了，所以他跟老师保证完之后，回到座位上自己偷偷地抹眼泪，因为怕杨小寒看见，他把头扭向一边看着窗外。

“老师说要把我调走？”杨小寒先开口了。

“嗯。”

“你想我走吗？”

“不想。”

“你不是挺烦我的吗？没人管你了多好。”

“我愿意你管我……”

刘十九突然回头，让杨小寒一惊，因为她分明看见刘十九的眼角带着泪痕，杨小寒脸一红就不再说话了，那时候的刘十九怎么会懂呢？少男少女之间，永远都是少女早熟一些。而他也许就是愿意杨小寒在身边，他从未觉得一个小姑娘这样善解人意过。

也正因为如此，人生才会有那么多遗憾，以前总觉得“有缘自会相见”，后来才明白“心里有爱才会重逢”。

打从那天看见刘十九哭了以后，杨小寒就经常跟刘十九写纸条，写班级里谁谁的趣事，写哪个老师今天的衣服好丑，从一开始的无关痛痒，到最后字里行间充满着爱的气息，其实每个人的人生里，爱情最美好的时候，就是那些不合时宜的时候，因为它不可能，因为它太幼稚，所以它才越真。

用刘十九的话来说，那时的他根本不知道什么是喜欢，也无法猜出一个女孩心中的秘密，这就像是一个未完全进化的猴子，在看一本绝世宝典一样，他只能随着对方的话语，绞尽脑汁地回下一句话，现在想想，真是糟透了，他本该早点儿说出那句喜欢的。

高三的时候，刘十九的成绩已经是班上的中上等了，考一个不错的大学是没问题的，这在他以前是想都不敢想的，老师很满意，刘十九也很满意，但他知道，最该感谢的人就是杨小寒，有一天下了晚自习，刘十九给杨小寒写了一张纸条，上面写着：

“一会儿放学，学校后面胡同等你。”

杨小寒的心都快跳出来了，一直攥着那纸条到放学，等放学的时候再打开，已经被汗水浸透了，放学后刘十九一溜烟地跑了出去，等杨小寒到的时候，已经什么都准备好了。

所以我最佩服刘十九的一点就是，他永远都能用不一样的方式来讨好姑娘，甚至这些方式竟成了他的标配，以至于和别人比起来，他才是特立独行，旁人瞬间黯淡无光了。

刘十九准备了满满一桌子的羊肉串，然后对杨小寒说：“快坐下吃吧，一会儿该凉了。”他边说边用手擦着汗。

“这都是你一个人弄的？”杨小寒吃惊地问着。

“是啊，昨天晚上串了一夜呢，存在旁边那个食杂店的冰柜里，就等着放学烤给你吃呢。”

“为什么要请我吃啊？”

“感谢你啊，没有你的话，我到现在还在后面吊着呢。”

“就这事儿？”杨小寒淡淡地问。

“对啊，就这事儿啊，感谢你嘛。”

“哦。”杨小寒轻轻地回了一句。

那时候的刘十九怎么可能理解杨小寒突然的落寞，她本以为是刘十九要和她说些什么话，最起码也是表白之类的吧，但刘十九从头至尾，只字未提，像个傻瓜一样忙里忙外，吃得不亦乐乎。

但那天晚上刘十九和杨小寒也说了好多话，说自己的理想，说最爱的篮球，说最爱的科比，说自己将来想去的地方，甚至谈到了彼此期望的爱情。

杨小寒问他：“科比是谁？为什么你那么喜欢他啊？”

“科比啊！黑曼巴啊，你不知道？NBA 超厉害的球员，我的终生偶像！”

刘十九说这话的时候，两眼都带着光芒，街边昏黄的小灯，照着两个人，朦朦胧胧的特别好看。刘十九后来说，再也没吃过像那晚那么好吃的羊肉串了，虽然那是他自己烤的。

其实羊肉串还是羊肉串，只是身边的人不见了。

后来刘十九如愿以偿地考入了南京大学，而杨小寒则去了西安，两人相隔甚远，偶尔的往来也都是网上的只言片语，不痛不痒地说着自己身边的事儿，或者调侃一下曾经。

就像老同学叙旧一般正常，刘十九总说自己后知后觉，像个傻子。

直到那天杨小寒买了手机，给刘十九的寝室打电话，刘十九才算明白杨小寒的心，那天晚上下了自习回寝室本打算睡觉的刘十九，突然听见寝室的电话响了。

他接起来之后，那边就咯咯地笑，他问对方是谁。

“我啊，刘十九，我是杨小寒。”

“哈哈，怎么是你呀，你在哪儿打的电话啊？”

“我买手机了啊，给你也买了一个，过几天应该就到了。”

“给我买了一个？为啥啊？”

“打电话方便啊。”

“为啥要总打电话啊？”

要不怎么说刘十九哪儿都好，就是缺心眼呢。杨小寒都已经这么说了，他还是跟个傻瓜似的不明所以，后来杨小寒估计是实在没招了，在电话那边喊：“我要做你女朋友！”

“哦，好啊。”

等放下电话，刘十九才明白刚刚发生了什么，他有女朋友了！他竟然也有女朋友了！为此他还臭不要脸地请了寝室的几个兄弟大吃了一顿。

刘十九也自知自己太过分，表白这种事竟然让杨小寒来说，为了赎罪，他特地在周末买了去西安的票，打算给杨小寒一个惊喜，算是弥补当初的过错吧。

等见到了杨小寒，刘十九也终于明白，这么多年心里那些不明不白的感情是什么，原来那就是喜欢，那就是爱情，只是自己太笨了。

很多感情就是这样，它不是一蹴而就的，它沉在岁月里，淌在时光里，感情不会说话，它只会越来越沉，等到哪天满了，感情就会浮

世间有人行走，就有人奔跑，有人悲伤，就有人喜悦。爱情可以落在尘埃里，也可以开在云朵上，我们相爱但与婚姻无关，我爱你，但你是自由的。

起来，什么就都明白了。

两人手拉手走在校园里的时候，杨小寒跟刘十九说："你知不知道，咱俩其实早就应该在一起了。"

"知道，高中时的那个晚上，我给你烤羊肉串的时候。"

"那你当初为什么没说？"

"我压根就不知道什么是喜欢啊！"

"现在知道了？"

"嗯，知道了。"

"是什么啊？"

"想和你永远在一起，想一辈子给你烤羊肉串。"

后来，刘十九就跟他的杨小寒幸福地在一起了，按照一般故事的流程，也许这就是圆满大结局了，或者是合家欢的电视剧，喜闻乐见嘛，可生活毕竟不是故事，它总是充满遗憾。

毕了业的刘十九留在了西安，和杨小寒一起租了个房子，俩人的小日子充满着无限可能，刘十九是真想娶杨小寒，而杨小寒也是真想嫁给刘十九，身边所有的朋友都看得出来。

年末的时候，杨小寒说：“一起回去跟我见见爸妈吧，也好把咱俩的日子定下来。”刘十九买了好酒好礼物，去了杨小寒的家，谁也不曾预料到，刘十九前脚刚迈进门，后脚就让杨小寒的爸妈把东西扔了出来。

原来当年刘十九的爸妈跟杨小寒的爸妈是一个厂子里的同事，后来因为一些误会两家人打得不可开交，为了清静，刘十九的爸妈先办理了退休手续，下海经商了。

而这一切都发生在刘十九上幼儿园的时候，他跟杨小寒那时还不认识呢，这段隔年恩怨，谁也不会想到如今会落到他俩的头上，刘十九更是一脸的不知所措，只是尴尬地站在那里。

但两家的恩怨再也没解开过，刘十九也从来没听爸妈提起过这件事，更别说杨小寒了，突然出了这么一档子事，放在谁身上也受不了，刘十九一气之下转身走了，杨小寒在后面哭成泪人。

在回家的路上，杨小寒给刘十九发了一条信息：

“不管他们如何，我都要嫁给你。”

刘十九鼻子一酸，眼泪吧嗒吧嗒地往下掉，他知道以后和杨小寒的路可能会很难走，但也不能轻易放弃，至少为了杨小寒的那句话，他好歹也是个爷们，不能自己投降吧。

可事情没那么简单，等回到家刘十九跟自己爹妈说了他和杨小寒的事情之后，家里也是极力反对，觉得无论如何也不能让他俩在一起，可说到底两家也没什么深仇大恨，就是两家人都不愿放下面子。

刘十九的父母始终觉得，好男儿志在四方，大丈夫何患无妻，没了杨家的姑娘，他们家十九就得打光棍吗？刘十九没再说话，他不知道怎么跟父母解释自己对杨小寒的感情。

回到西安的俩人心力交瘁，互相鼓劲儿加油，但年轻人的爱情就是如此，看起来牢固无比，但其实风来时，也同样脆弱不堪，裂痕悄无声息地生长，前面看不见希望，再亮的灯，也会有熄灭的一天。

经过半年的坚持，两个人都觉得实在太累了，刘十九的父母一天几个电话催分手，杨小寒家里一天几个电话催分手，还安排各种相亲，时间长了，两个人的心也就都散了。

其实他俩谁都不怨，刘十九爱着杨小寒，杨小寒同样爱着刘十九，可世间事就是如此，越是相爱越要经历挫折，上天好像就喜欢看这一出苦情戏。

分手的那天，刘十九最后一次给杨小寒烤了羊肉串，两个人边吃边哭，最后又都笑着祝福对方能有一个好的归宿，刘十九说，杨小寒最后说的一句话，让他心都碎了。

杨小寒说："刘十九，我真想和你生个孩子，让你一辈子都记着我。"可刘十九不是浑蛋，既然不能娶杨小寒，他也不能坑了杨小寒，刘十九没答应，俩人一夜未眠。

刘十九和我说这些的时候，已 32 岁了，仍然单身。

大学毕业之后，再到和杨小寒分手，已经过去了整整八年时间。我问刘十九："为什么跟我说这些？"刘十九笑着说："以前总觉得还有点儿希望，我就再等等，一等就等到现在了。如今不想再等了，也得开始自己的生活了，我妈天天抹眼泪，说当年要是不拦着我跟杨小寒，估计现在孩子都满地跑了吧，过去的就让它过去吧，小寒现在幸福就行，是不是我给的，不重要。"

"因为什么想开的？这么多年你都没想开啊？"

刘十九端起桌子上的酒一饮而尽，然后说：

"春节的时候回老家，没什么事儿做，就去以前我俩经常逛的公园走一走，然后坐在篮球场旁边的凳子上，看一群孩子打篮球。

“其中一个身穿24号球衣的男孩打得挺好，等他下场喝水的时候，正好坐我旁边，我问他：‘你几岁了？知道24号球衣是谁穿的吗？’‘我七岁了，知道啊，黑曼巴，科比啊！’‘你怎么这么清楚啊？很喜欢篮球啊？’‘对呀，我妈说她认识的一个烤羊肉串特别好吃的人，也特喜欢科比，那是他的终生偶像。’”

刘十九看着眼前的这个孩子，眼泪瞬间就下来了。

说话间，对面走过来一个女人，喊着这个男孩回去吃饭，刘十九站起身来看着眼前的杨小寒，眼睛渐渐模糊，杨小寒笑了笑，刘十九也笑了笑，然后点了点头，转身走了。

不是所有的久别重逢都会痛哭流涕，也不是所有的朝思暮想都会拥抱倾诉，那些隐忍克制的感情更让人难以承受，但又不得不承受。

有些遗憾总是会随着时间变成记忆，当你再一次毫无准备地面对它的时候，你曾以为的释然不过是时间的假象，那种迎面而来的心疼，交织着过往，会压得你喘不过气来。

我问刘十九：“后来没再找过杨小寒吗？”刘十九说：“不找了，已经过去了，那天看见她的神情和当年跟我在一起时的神情不一样，我就知道她过得挺好，起码现在她很安稳。”

“不遗憾吗？”

“不遗憾了，她给过我回忆，就够了。”

“还爱她吗？”

“没变过……”

“那还这样？”

“嗯，只能这样……”

我有一杯酒，可以慰风尘

//

青岚姑娘

以前我也总认为，
那些重要的人在分别的时候，一定要好好告别，
可事实是，哪里需要告别呢？
都是突然就不联系了，然后断绝了一切来往，
就像从来都没认识过一样。

1

青岚是四川姑娘，人长得白净，巨能吃辣，还不起痘，简直是老天照顾。她的性格热情似火，既能艳又能妖，是少见的能把这两种气质糅合得这么自然而不让人生厌的姑娘。

和她相识在一场茶品会上，前面舞台中央坐着一位端庄的中年女士，身穿青丝长袍，头发自然散开，手指轻盈地在各种茶具上跳舞，一杯茶整整折腾了十分钟还没喝上，也许是自己太没品位，总觉得看不下去，刚要转身，看见了青岚姑娘。

青岚聚精会神地看着前面的舞台，表情由静止变得不屑，最后憋出了一句话："这不闲的吗，喝个茶这么装真的好吗？"

就这一句话，让我对这姑娘佩服得五体投地，可能这么一句话惊到了舞台上的女士，还有台下围观的人，他们都看着青岚，青岚被这突如其来的注视吓了一跳，但很快恢复镇定，微微笑了一下，转身走了。

我快步追过去，递了张名片，自我介绍："姑娘刚才一句话，说出了我的感受，不知能否交个朋友？"后来青岚说我当时就像个大尾巴狼，用一种大灰狼注视小白兔的眼神看着她，明明就是想泡她，非要装得那么高雅。

当然了，那时候青岚还是给我留面子了。

“谢谢先生赏识，不过你给我的名片，怕是不能联系你了。”

我低头一看，原来是之前陪朋友给他家狗做绝育的大夫的名片，这就非常尴尬了，我连忙解释。

“拿错了，拿错了，那是我一个朋友的名片，这是我的。”

青岚拿着我的名片看了半天，好像要从名片上看透我这个人。

“设计总监，我说你们搞设计做艺术的，是不是都这么喜欢装啊？”青岚极尽挖苦之能事。

“哪儿啊，我也是朋友约过来的，感受一下中国传统文化的魅力啊。”

“虽然我知道这是工夫茶，但这也太扯了，十分钟没嘚瑟完，茶都凉了好吗？”

“人家只是演示啊，又不是让你过来喝茶的，你怎么性子那么急？”

“本姑娘不是性子急，是藏不住情绪罢了，哎，对了，我叫青岚。”

“姓青？第一次听说有这个姓呢。”

青岚白了我一眼：“没文化，回家自己查查去。”

我自然是没查，因为我知道这的确是她的真名，因为她脖子上挂着的邀请证上就是“青岚”，只是她自己没察觉到而已。

对于这次偶然的相识，我并没有太放在心上，毕竟这个世界就是如此，我们会和很多人遇见，也会和很多人分别，当初那些陪你笑陪你闹的人，你以为会天长地久，其实后来想想，也不过是陪你走了一段时光而已，连一段岁月都谈不上。

以前我也总认为，那些重要的人在分别的时候，一定要好好告别，可事实是，哪里需要告别呢？都是突然就不联系了，然后断绝了一切来往，就像从来都没认识过一样。

所以，再遇见新的人，也不会像以前那样上心了，反正都是泛泛之交，又何必牵肠挂肚呢？

2

但我没想到的是，我和青岚竟然还能再见面，那是夏季最后的一个月，我在公司正忙着下一次的竞标会，一个陌生的号码打了过来，因为工作原因，任何号码都不能疏漏，以至于很多推广电话一个都没落下，虽然之前给青岚递过名片，但这种事对大多数人来说，都是一种礼貌而已。

接通电话后，那边传来一个响亮的声音。

“喂，忙什么呢，晚上六点有时间吗？”

“等会儿，您哪位啊？我的时间可是分人啊。”

“青岚，还分吗？”

“哟，这什么风把你吹过来了，你肯定不分。”

“行了，别贫了，晚上六点，工体唐会酒吧，不见不散。”

挂了电话我才反应过来，我竟然还没问她究竟是什么事呢，但既然已经答应人家了，只能赴约。等到了酒吧青岚已经在那儿等我了，我打了个招呼就进了酒吧。

往里面大概走了十几步，到了一个包间里，里面竟然坐满了人，粗略地扫了一眼，没一个认识的，这让我尴尬至极，本来我就不是一个善于交际的人，平日里一两个人的沟通还可以，但在这样的环境里，一屋子不认识的人，我的脑袋的确要死机了。

我回头看青岚，希望她能给我一个解释，她只是笑笑，然后和这些正在注视我的人说："我给各位介绍一下，这是我的……好……朋友。"然后嬉皮笑脸地坐下了。

我无法理解的是，她为什么要在好朋友中间拉那么长的音，这让人很容易误会，虽然我很不理解，但我没多说一句话，只是点头示意了一下，便坐下了。

其间有几个人过来和我碰杯，我也是礼貌性地回敬，毕竟不那么熟，我还是没办法很快和他们熟络起来，青岚往我这儿看了几次，每次都带着笑，我根本猜不到她葫芦里卖的什么药。

过了大概半个小时，来了一个男的，我看青岚的眼睛都亮了，起身招呼对方坐下，又是倒酒又是赔笑，我当时猜他应该是青岚的某位领导吧，毕竟看起来比青岚大不少。

青岚这时候突然把我拽起来，跟对方介绍，介绍的方式仍然和之前一样，拖了一个很长的音，说我是她的好朋友，然后对方淡淡地笑了一下，点了一下头，仅此而已。

这时候我已经有些不高兴了，你这明显是耍我呢，好歹跟我说清楚事情的原委，总不能一直这样阴阳怪气地说话吧，我跟青岚说：“要是没什么事我就先走了，你们玩吧。”

青岚应该是看出我的不悦了，拉着我小声跟我说：“你再等会儿呗，我不是玩你，晚点儿跟你说。”

青岚正跟我说着呢，有个人端着蛋糕进来，我以为是青岚生日，看见蛋糕上的名字我才知道，这应该是给那个男人过的生日，他叫林木。

青岚看见蛋糕端上来了，跑过去把蜡烛摆好，让林木好好地许愿，直到这时候我才仔细看了看林木，在幽暗的灯光里，他显得有些拘谨，但能从眉宇之间看出来他很帅，尤其是眼睛很明亮。而包间里坐的这些人，应当也是认识林木的人，拘谨但又客气。

林木听了青岚的话，很虔诚地许了一个愿，然后吹了蜡烛，林木对青岚说：“好了，这回你满意了，我该回去了，家里都等我吃饭呢。”

青岚还想再说什么，但林木已经出门了，剩下一屋子面面相觑的人，包括诧异的我。青岚蹲在地上，肩膀微微地颤抖，没人敢过去安慰，因为不知道该如何开口，现在我才明白，这场聚会不过是青岚自导自演的，林木只是配合她而已。

3

因为实在不知道如何开口和安慰，我只能先出来抽根烟，屋里留下几个姑娘安慰着青岚，事已至此，不用问也知道是怎么回事了，青岚喜欢林木，而林木不喜欢青岚，但让我来的原因仍没弄明白。

正想着这事呢，屋里出来一位戴眼镜的男生，看我在这儿抽烟，跟我要了一根，开口说道："你知道怎么回事吗？"

"额……还真不知道，我是临时被抓来的。"

"既然你什么都不知道，那我就跟你好好说说。"眼镜男一副他要演讲了的架势。

原来林木是青岚的大学老师，那一屋子的人都是林木的学生，林木是当时毕业后留校任职的，所以等青岚他们那一届来的时候，林木正好是他们哥哥的岁数。

相差无几的年龄，让本就是学生的青岚对他爱慕不已，当然了，整个系也不仅仅是青岚暗恋着林木，还有很多其他的姑娘，林木倒是不为所动，虽然大学是一个比较宽松的环境，谈个恋爱很正常，但师生恋仍然算是个不大不小的禁忌，林木不想以身触雷。

那些一开始喜欢林木的姑娘，随着时间的推移，也都有了男朋友，毕竟欣赏和喜欢总是容易混淆，起码得找一个和自己同圈子的人。

可唯独青岚坚持下来了，那时候林木每周有一节课，青岚从未耽误过。每次林木讲完课，青岚都第一个冲到讲台上问问题，起初林木并不在意，毕竟好学的学生有很多，但青岚不是，她每次都是托着下巴呆呆地看着林木，有好几次把林木看得脸都红了。

林木私下里跟青岚说过几次，要注意影响，以后不要再这样了，但青岚不听，仍旧我行我素。最后林木也没办法，只能由着她来，当时整个系里都知道青岚喜欢林木，有祝福的，也有挖苦的。

有一年秋天，青岚还送过林木一件毛衣，对于从来就没碰过针线的青岚来说，这简直要了她的命，可好在她把这件衣服织出来了，当青岚把毛衣送给林木的时候，林木整个人都呆了。

他没想到青岚会这样执着，已经整整过去一年了，很多女同学都在大二找了男朋友，唯独青岚谁也看不上，就这么对林木好，让很多男生觉得这姑娘脑袋有毛病，明明不可能的事，干吗非得做。

可青岚不这么觉得，她认为既然是自己想要的，就必须为这件事去努力，反正她就是喜欢林木，又没犯法，凭什么不能追？可青岚毕竟太年轻，不了解还有时间这个东西。

也许是因为青岚的执着，也许是林木一开始就喜欢青岚，总之就是林木开始慢慢地接受青岚了，每个周末都会带青岚去爬山，或者请她吃好的，但绝口不提感情。

有几次青岚和林木一起外出，还被同学碰见了，但大家都很默契地当作没看见。毕竟对于知道青岚喜欢林木这件事的同学来说，能看见青岚得偿所愿，也是一件值得祝福的事儿。

4

林木从未对青岚说过一个爱字，只是对青岚很好，有什么好玩的地儿都带她去，有什么好吃的都陪她吃，碰见青岚喜欢的衣服，林木也都舍得给她买。至少让青岚觉得，这不是恋人又能是什么呢？

就这样相安无事地度过了三年，其间青岚的父母问起青岚谈男朋友了吗，青岚总是说还没，但她心里想的是，等到毕业就把林木带回家，然后就结婚，她要给父母一个大大的惊喜。

在这三年里，青岚不止一次想把林木拿下，不管青岚打扮得如何性感诱惑，不管有怎样天时地利的机会，哪怕出去玩回不去了，林木都没把青岚怎么样，林木对青岚仅限拥抱和牵手，连亲吻都没有，这让青岚一直耿耿于怀。

若是说林木对青岚不好，怕是找不到比林木更细心的人了，但就是这样的关系，让青岚一直处于尴尬又被动的状态，青岚几次和林木谈，林木总是用以后再说的借口来搪塞青岚，这让青岚一直痛苦不已。

大四那年，青岚有去法国留学的机会，这是青岚期待已久的事，但又舍不得林木，但后来林木不知道和青岚说什么话了，青岚决定去留学。

结果就是林木单方面和青岚分手。

这次是青岚从法国毕业回来半年后组织的一次聚会，而且事先没告诉林木，仅仅是以同学的名义邀请林木过来的，所以林木到了之后，整个人的态度都不一样了。

等说完这些，青岚已经从酒吧里出来了，跟她那些同学说了几句话，就都散了。我看她眼圈红了，状态很不好，但又没敢多问，青岚向我要了根烟然后说道："是不是觉得我特傻啊？"

"没有，我倒觉得我挺傻的，到现在都不知道你叫我来干吗。"

无水可渡的船，无木可筑的岸，无处可栖的心，

便是此时此刻的你。

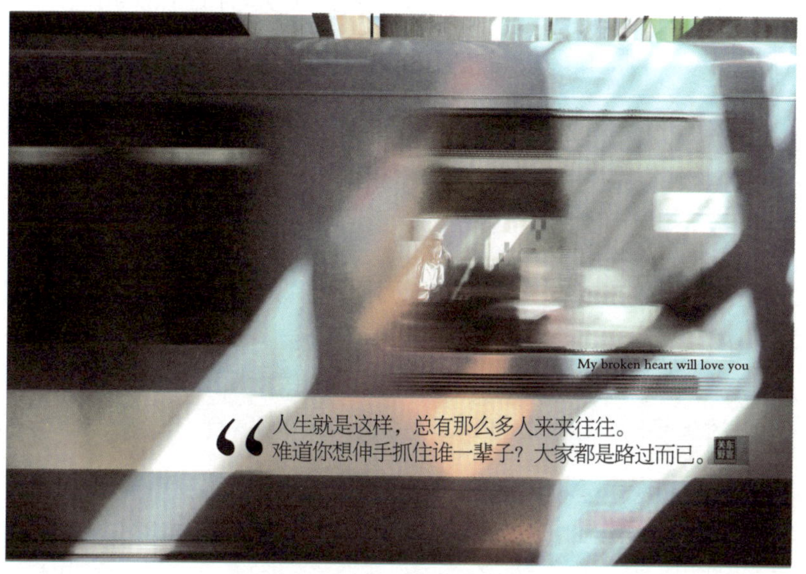

我躲了你好几年，觉得自己已经忘了，可再见到你的时候，我明白，这几年的努力都白费了。

“唉，能干吗，充充场面呗，那屋里都是同学，就认识你这么一个陌生人，我不找你找谁？”

“还陌生人，好歹咱也相识一场，敢情你拽我过来是为了气别人的啊？”

“哪儿啊，不是气，哎，你怎么知道的？”

“呵呵，刚才戴眼镜的那个哥们，都跟我说了，你这事挺复杂啊。”

“他知道的只是皮毛，有太多事都是别人不知道的。”

“那你这次约他出来是为了什么？”

“就想当面问问他，为什么骗我。”

原来当年青岚去法国之前，林木跟青岚说：“你去法国安心学习，我在这边等你，等你回来我们就结婚。”青岚信了，但没想到林木竟然结婚了，而且就在她刚走不久。

这让青岚无论如何都不能接受，她必须找林木问个明白，给林木打电话发信息，林木一概不回，这让事情越发蹊跷，所以青岚才想到找同学约林木，毕竟林木是他们的老师，他不得不来。

而当天正好是林木的生日，青岚找我来，就是想看看林木看见她带来一个陌生男子，会是什么反应。让青岚没想到的是，林木最大的反应就是没反应。

5

青岚不甘心，她不相信当年对她那么好的林木如今会这样对她，青岚找到林木的家，在一个很偏僻的居民区，让青岚没有想到的是，林木作为一名大学教师，竟然会住这样的房子。

青岚敲门没人应答，就站在门口等，半个小时后一位身穿灰色外套的女人走了过来，小声地问："请问您找谁呀？"

青岚一回头竟被吓了一跳，因为对方的左半边脸连同脖子，竟全是伤疤，仔细一看像是烫伤。青岚迅速平复了一下情绪，跟对方说："哦，我是林木老师的学生，我想过来问点儿事情。"

"哦，原来是林木的学生啊，快，屋里来。"

进了林木的屋子，青岚像是一个从现代社会突然回到80年代的人，看着屋里的摆设还有陈列，青岚怎么都无法和那个她爱着的林木结合在一起。

而那位女主人，就是林木的妻子，青岚来之前，想到了许多结果，有可能一言不合打起来，有可能和颜悦色地劝对方放弃。青岚后来说，当时她甚至做好了当小三儿的准备，可一见了林木的妻子，她觉得自己满盘皆输，毫无胜算可言。

如果对方是个姿色尚可的女人，抑或是个泼辣蛮横的女人，青岚都对付得了，因为她们不相上下。可面对这样的一个女人，青岚心里清楚，这根本不是爱不爱的问题了，而是愿意不愿意的问题，林木既然选择跟这个女人结婚，青岚就知道没有挽回的余地了。

在林木家青岚没有多待，她怕多待一秒钟都会露馅，跟林木的妻子谎称是来询问毕业实习问题的。林木的妻子很善良，看起来就是那种性格很好、不争不抢的女人。

青岚告别林木妻子之后，在回去的路上，觉得自己的力气还有坚持，一点点地从她的身体里溜走，最让她无法接受的是，她甚至还没开始争取，就已经输了。

回到家里，青岚给林木发了一条信息："林木，感谢你这么多年的照顾和包容，也谢谢你的善良，你让我知道这世上还有一种东西比爱情更重要，那就是责任。"

信息发过去没多久，林木的电话打了进来，青岚本不想接，挂断后林木仍然打过来，青岚接起电话刚要说话，就听见林木大喊："青岚，你现在给我下来！”

青岚走到窗前，撩开窗帘看见林木就站在楼下，青岚猜得到林木为什么生这么大气，因为她擅自去了他家，而且是背着他去的。

到了楼下，青岚一点儿没退缩地盯着林木，这倒把林木盯得浑身不自在了，林木迅速调整好情绪问青岚为什么去他家，究竟想干吗，青岚笑了笑：“能干吗？让自己死心成吗？”

林木没想到青岚会说这么一句话，一时语塞，竟不知道该回什么。林木像一只泄了气的皮球，一种从来没有过的颓废感袭上心头，他靠在一棵树旁，沉默了许久。突然林木抬起头说：“青岚，你能陪我走走吗？”

青岚被林木突如其来的邀请吓了一跳，但也很快恢复平静，点头默许。

两个人并肩一起走着，青岚突然想起曾经在大学的时候，她和林木也是这样，那时候还以为会天长地久，没想到短短几年，就已物是人非。想到这里，青岚鼻子一酸，眼眶装满了眼泪。

趁着林木没注意她迅速擦掉了，因为现在这个情景实在是不适合谈起过往。两个人走了很久，好像这条路一直没有尽头一样，青岚不说话，林木也没说。

半晌，还是林木先开的口：“青岚……我……”

“有什么就说什么吧，我无所谓，你只要告诉我凭什么负我。”

“说到辜负，是我辜负了你们。”

6

林木的老家在山东的一个农村，父母都以种地为生，而且家里就他这么一个独子，所以全家乃至全族的希望都寄托在他的身上，为此林木也是从小一路优秀到大学。

但在上高中的时候，林木在家乡谈了一个女朋友，也就是之前青岚见到的那个女人，叫孙媛。因为两家是邻里乡亲，关系又特别好，所以家里都很赞成这两个孩子在一起。

在那个年代，而且还是在闭塞的县城，两个高中生谈恋爱是不可能被接受的，但因为两家都同意，学校知道后也是睁一只眼闭一只眼，这倒是让很多心有所属的同学，羡慕不已。

孙媛是那种润物细无声的姑娘，对林木一直细心体贴，在学校经常把早午饭打好，送到林木班级。林木在那时候就已经暗下决心一定要给孙媛最好的生活，所以学习也一直很好。

但孙媛的成绩差很多，高考的时候林木很顺利地考入北京的大学，孙媛却落榜了，在农村供一个大学生很不容易，孙媛的家里已经算是很开明的人家，落榜后孙媛没再复读，而是去了市里打工。

林木走之前，孙媛告诉林木："你只管好好读书，我在家里等你。"就这样，林木大学四年的生活费以及学费，基本都是孙媛上班赚的，还有父母给的一些，林木父母每次打电话最后一句话都是嘱咐林木，大学里女孩子多，不能花了心，辜负了孙媛，这媳妇除了她不能是别人。

父母都是老实本分的人，这样要求自然没错，毕竟孙媛对自己算得上恩重如山，自己无以为报，自然是不能辜负了人家，但林木本身就是一个条件非常不错的男生，大学里难免会有追求他的姑娘，林木总是说以学业为重，拒绝了所有追求者。

林木心里不是没动摇过，如今他的眼界和见识已经和孙媛不在一个层面，但他又不能辜负她，只能先这样继续下去，就在林木即将毕业的时候，孙媛发生了意外，上班的地方发生火灾，孙媛被压在屋里的一个角落，救出来的时候，已经伤痕累累。

但好在保住一条命，左边的脸因为烧伤已经严重变形，孙媛得知自己已经毁容时，几次想自杀。父母把即将毕业的林木叫了回来，林木看到孙媛之前，虽然已经做好了心理准备，但看着那触目惊心的疤痕，林木仍然难过得无以复加。

因为这次事故，孙媛变得敏感脆弱，林木向学校请了假在家照顾孙媛，孙媛却总是找各种理由和林木吵架，甚至要分手，林木知道，孙媛不想拖累他，也不想让他以后都面对这样的自己。

林木决定和孙媛结婚，虽然孙媛的父母极力反对，但林木仍然下定决心要和孙媛结婚。林木的父母倒是觉得儿子做得对，毕竟忘恩负义这种事，林家是做不出的。

就这样，在林木还未大学毕业的时候，林木就和孙媛结婚了，并且这件事除了双方的家人，其他人一概不知，更别说学校里的同学，后来因为林木表现优秀，并且通过了学校的考核，才得以留校任教。

7

这些都在林木的自我规划里，直到青岚的出现，才把他所有的计划全部打乱。他本想今生和孙媛就此终老，但他没想到自己真的对青岚动了心。

但家庭的责任和道德的约束，让林木挣扎了许久，青岚符合他脑子里关于女朋友的一切标准，热情、善良、漂亮，并且洞穿他所想的一切。之所以在青岚许多次表白的时候，他都选择拒绝，是因为他实在走不出第一步。

但感情这东西，就像河坝里的水，防守得再严密，只要有一丝的裂痕，最后河水终将破堤而下，林木最终没抵过心里的念头，选择和青岚在一起，并且隐瞒这一切。

但林木心里知道，他和青岚毫无结果，就连最基本的亲密都不行，也许他选择和青岚在一起，只是想达成自己的一个心愿罢了，抑或是弥补自己这么多年的遗憾，就连林木自己也不知道真正的原因是什么，但可以肯定的是，林木爱青岚，但又对不起青岚。

在青岚大四的时候，林木得知青岚有去国外留学的机会，他极力希望青岚能出去，无论对青岚还是对他，都是最好的结果，毕竟一走就是几年，而青岚在那边总会遇见喜欢的人，但青岚却因为林木想放弃，这让林木始料未及。

他用了一个最下策的方法让青岚离开，就是告诉她会等她回来，并且和她结婚。他觉得小姑娘的爱情不过是三分钟热度，能坚持多久呢，留学后谁知道会发生什么变动，但林木没想到的是青岚竟然回来了，而且要他兑现当年的承诺，他毫无办法。

这期间林木不是没想过离开，让青岚永远也找不到他，但他必须工作，在大学任教的工资是其他工作的一倍，他不能放弃这份工资，家里有老人还有买房子的贷款，这些都让他无法任性。

青岚在国外这些年，林木在国内不止一次地想过，究竟这样做是对还是错，他不敢想结果，但他清楚地知道，他从未拥有过青岚，但却永远地失去了她。

林木承认自己爱着青岚，但他又无法割舍这么多年对他付出全部的孙媛，在所有的痛苦和纠结中林木最终选择了孙媛，这也是他为什么在青岚以过生日为由见他时表现得那么不耐烦的原因，他怕再多待一秒钟都会忍不住要抱住这个朝思暮想的女人，但最终林木守住了底线，他答应过自己，要给孙媛好的生活，并且对她一心一意，虽然不可否认，林木的确是出轨了，即便没有肉体上的接触，精神上也背叛了孙媛。

所以在他得知青岚背着他找过孙媛时，才会表现得那么愤怒和不安，因为他怕他守着的秘密突然被公开，因为这种伤害对孙媛来说是致命的，现在孙媛之所以能有勇气面对生活，就是林木给她的勇气，他非但没有嫌弃她，反而娶了她。

若是她知道林木在几年前和青岚有过这段感情，一定会失望至极，但林木太不了解青岚了，他也许是爱她的，但爱的也只是当年那个还没出国的青岚，在青岚看到孙媛的时候，就已经猜到了什么，所以任她如何不满林木，或是如何嫉妒林木的妻子，她都不忍心伤害这个女人。

8

当林木说完这一切的前因后果时，俩人已经不知道走了多远，这时候青岚突然说：“林木，我应该恨你的，你辜负了两个人。”

“是，你应该这样说。”

“但我对你恨不起来，我知道你有苦衷。”

“我今天来，就是想跟你说清所有，是我配不上你这么好的人。”

“别这么说。”

“我爱过你，但也只能爱过了，说我渣男也好，负心人也好，我都认。”

“别告诉她……”

“怎么会？她虽然样子不好看了，但心没变过，我欠她的。”

“林木，哪有谁欠谁这种话呢？只不过是舍不得罢了，你们会幸福的。”

“谢……算了，我就不说谢谢了。”

“谢谢你跟我说了这些，我也理解你，但你耽误我的这几年怎么办？”

“啊？”

“行了，逗你的，那不算耽误，等你这几年，不觉得亏。”

“挺高兴能听见你这么说的，是我耽误你了。”

“林木，让我打你一巴掌吧。”

林木被青岚这突然的转变吓了一跳，但转念一想，这一巴掌也确实该打，毕竟是他先骗了青岚，又骗了孙媛，于情于理，这一巴掌该打，林木把脸凑过去，闭上眼等着挨打。

青岚也的确想打下去，因为这实在太让她生恨了，可抬起的胳膊怎么都落不下来，最后变成了一扫而过，像是最后的道别，青岚用右手划过林木的脸颊，说道：“这可能是我最后一次碰触你了。”

就在一瞬间，青岚抬起手就给了自己一巴掌，林木甚至还没来得及阻止，因为太过用力，青岚的头发有些蓬乱，脸颊也迅速红肿起来，让林木不知如何是好。

“你别动，我就是想让自己清醒清醒，爱了这么多年，自己竟成了小三儿。”

“青岚，对不起……”

“别说，别说对不起，这跟你没关系，是我犯贱，是我瞎了眼。”

“这都是我的错。”

“行了林木，到此为止吧，话已经说完了，路也走到头了，回去吧，好好对她，别辜负人家。”

还没等林木再开口，青岚转过身就往回走，越走越快，越走越急，眼泪就跟断了线的珠子，根本止不住，青岚觉得委屈，在国外再难再苦都没哭过，没想到如今会是这样的结果。

青岚想不通的是，为什么当初林木不告诉她实情，为什么骗她这么多年，林木嘴上说为了青岚好，其实他却最自私，可如果他当初真的告诉自己了，自己会做何选择？是不是仍然会选择在一起？

这个问题没有答案，青岚也想不出来答案，她只是既恨林木又恨自己。当初她说喜欢林木的时候，寝室里的同学都说不靠谱，这种事不过是两败俱伤罢了，根本没可能的，那时候的青岚不信邪，觉得一切都可以被爱情打败，就像她固执地认为，林木会娶她一样。

青岚后来去了上海，在她走的那天，我才原原本本地知道这些事的经过。本就已经很瘦的青岚，经过这些事之后，变得越发憔悴，让人看着心疼，她走的时候给我打电话，希望我送送她。

一起往车站走的时候，我突然想起一件事儿，我问她："那天你为什么会去茶品会？"

"因为林木啊，他喜欢喝茶，我本就是借着茶品会的名义约他出来。"

"可他终究没来？"

"是，但是遇见了你，世事难料。"

"可你真放下了？"

青岚听见我这么问就突然不说话了，低着头摆弄着手机，半晌，抬起头看着我，眼里噙满了泪水，我一时不知如何是好，只能一直说着对不起，不该问这个问题。她只是笑笑，然后说：

“哪有什么放下，都是因为得不到，编个谎话，说自己不想要了……”

我有一杯酒，可以慰风尘

桃源路

年少时的喜欢就是这样，
认定了喜欢这个人就会不顾一切地付出。
在那个年纪是不会去衡量自己付出了多少，以及对方付出了多少的。
一切都是由内而外的感觉，不掺任何杂质，干净得有些可爱。

1

锁头打电话说："一楠要结婚了，你说我去吗？"我沉默了许久，我知道锁头既想去，又不知道以什么样的身份去，锁头和一楠这对儿冤家，也终于要有个结局了，甭管好坏，总算是有个结局。

锁头原来也不叫锁头，而是叫赵元辰，挺韩国范儿的一名字。他之所以后来叫了锁头，是因为他曾经做了一件了不得的事，但这事说来话长。

在我上初二的时候，锁头是转学来我们班的，他爹是搞水利的，来我们县城搞调研，说是待几个月就走，没想到这一待就是三年。

锁头长得高瘦高瘦的，像个猴子，他刚来我们班的时候学习成绩还挺好的，但后来因为太爱玩了，成绩就跟不上了，他越是跟不上就越是不想学，就这样一溃千里。

那时我还挺胆儿小的，锁头因为比我大一岁，胆子要大很多，因为我们两家住得挺近，关系自然也很亲近，他经常带我去各种废弃的工厂还有所谓的鬼屋探险。

每次他都乐此不疲，虽然那些仅仅是废弃的房子，但因为年久失修，布满了蜘蛛网，对于一个还未成年的孩子来说，也的确是充满恐怖气息的。

但锁头从来都不知道怕，他说他特别喜欢在这种地方玩，觉得无拘无束，不用担心把什么东西破坏掉，因为这里本来就是坏的，他说这话的样子，像极了孙猴子。

至于锁头的名字，是因为有一天在学校上课，最后一节课是美术课，锁头趴在桌子上百般无聊地等放学，就在这时候外面传来了吵闹声，锁头在最后一排，从后门溜到走廊，趴在窗台上往下看。

原来是一个偷车贼，来学校偷自行车被保安发现了，正在楼下拿着一根木棍跟保安对峙，锁头这时候一激动，转身跑到教室门前，把挂在门上的锁头摘了下来，没等老师喊他，他已经将锁头从楼上扔下去了，小偷命大，再晚点儿送医院肯定没救了。

就这样，锁头凭一己之力制服了偷车贼，成为那一段时间学校里的名人，因为这个原因，整个学期的流动红旗，都在我们班，锁头的名字也从此叫开了。

没人记得他原来的名字了，都知道他是那个会扔锁头的同学，锁头也不生气，觉得这名字挺霸道。

如果说这是锁头的童年往事，那么后来的故事，可能就要贯穿锁头一生的时光了。

在我们上初三的时候，班里又来了一个转校生，叫一楠，是个挺好看的姑娘。至少在我们那时候的审美里，这样的姑娘可以称之为校花。毕竟人家学习好，还按时上学放学，从来不说课堂以外的闲话。

这在锁头看来，简直不可思议，虽然他一贯不怎么学习，但从未见过如此认真学习的人，就连课间十分钟一楠都不出去玩，除了去上厕所，平时根本看不见一楠离开座位。

后来的摸底考试，一楠也毫不意外地成为年级第一，对于一个转校生来班级里还没一个月的时间，就有如此实力，班里原来的那个第一名，早已气得魂飞魄散了。

但锁头跟我说："一楠这丫头，有股子狠劲儿，我喜欢。"

2

不知从什么时候起，锁头不再跟我一起回家，连上学的时候也不找我了。后来一问才知道，他每天上学放学都跟一楠一起走，虽然是一起走，但一楠从来都不知道，因为锁头总是跟一楠隔着一百多米，用锁头的话来说："一楠这丫头，倔得很，知道了肯定打死我。"

年少时的喜欢就是这样，认定了喜欢这个人就会不顾一切地付出。在那个年纪是不会去衡量自己付出了多少，以及对方付出了多少的。一切都是由内而外的感觉，不掺任何杂质，干净得有些可爱。

锁头就这样每天都跟在一楠后面，乐此不疲。多年后他说，那时候一楠对他来说，就像每天早起的太阳，永远那么耀眼，永远那么洁净无瑕。

后来的某一天，锁头仍像往常一样，在后面不紧不慢地跟着一楠，突然远远地看见有三四个青年围着一楠，锁头扔下自行车就跑了过去，二话不说捡起地上的一块砖头就拍了过去，虽然这气势有了，但毕竟锁头还是个初三学生，跟那几个社会青年比不了。

还没跟人家打上两个回合，锁头就被人家放倒了，血流了一脸，旁边的一楠吓得连喊都忘了，那几个青年打完之后骂骂咧咧地走了，趴在地上的锁头起了几次才站起来，看着旁边吓得脸都白了的一楠说道："别哭别哭，我没事，走，我送你回家。"说着用衣服擦了擦脸上的血迹，跟没事人似的。

一楠蹲下捡起锁头的书包，拍了拍上面的土，然后小声地说了一声谢谢。锁头说："没事没事，等我回去拿自行车，一起回家。"等锁头跑过去才发现，刚才打架的时候扔在地上的自行车不知道什么时候不见了，估计是有人趁着锁头挨打的时候偷走了。

锁头站在丢自行车的地方，掉了眼泪，就连刚才被打锁头都没哭，因为那是他最喜欢的自行车，缠着他爸要了好久才买给他的，锁头心疼得不行。

一楠走过来不知道说什么好，只是陪锁头一起站着，路过的人不知道这两个孩子为什么这么狼狈，脸上带着泪痕和血迹，在那条叫桃源路的街上，一楠第一次感觉到锁头和别的男孩是不一样的。

回家之后的锁头不可避免地挨了一顿打，但锁头心里是甜的，他一点儿都不后悔，因为这件事以后一楠每天都会在锁头家的胡同口等着锁头一起上学，这在以前锁头是想都不敢想的。

因为锁头的自行车丢了，每天上学的时候都是一楠载着锁头，起初锁头是不同意的，毕竟一个大男生怎么可以让女生载着，但一楠死活不答应，说什么不怕别人误会，她载着锁头碰见熟人，还可以说是自己的弟弟，毕竟锁头的个头的确比一楠矮了那么一截。

这一直是锁头耿耿于怀的事，为此锁头每天课间都出去打篮球，回家吃钙片，就是为了让自己的个头能快点长，他总觉得矮一楠一截是不可接受的事儿。

锁头还做了一件特别不要脸的事，就是偷偷在一楠书包后面贴了一张字条，上面写着“一楠是锁头的媳妇儿”，这张纸条整整贴了一天，基本上半个学校里的同学都知道了，锁头为此深感自豪。

最终这件事也传到了学校那里，学校无非是不让早恋，说一些仅此一次、下不为例之类的话，但从办公室出来后的锁头依然我行我素，比之前更甚，起初一楠还很生气，后来就不管他了，反正也作不出花样来。

3

同年龄的男生女生，通常都是男生偏幼稚，女生偏成熟，一楠和锁头也是如此，锁头一直都是谁的话都不听的，但只要一楠说话，立刻言听计从。

我在背地里损他是妻管严，他也不生气，倒觉得是无上光荣的事。后来还发生一件事，让我觉得锁头是真心喜欢一楠的。

那时候学校开始实行午餐在学校吃，每天 3 块钱，一个月要交 90 块钱。对于绝大多数的家庭来说这也不算太贵，但没想到一楠的家里除了学费就再拿不出多余的钱了。那几天一楠总是躲着锁头，锁头问她她也不说，后来是锁头偶然经过老师的办公室才听说一楠家里困难。

晚上放学回家后锁头跟家里说，在学校玩球的时候把学校的玻璃踢碎了，要他赔 100 块钱，这么一说自然是少不了一顿打，但能换来 100 块钱倒也值得。第二天去学校的时候，锁头背着一楠把钱塞到了班主任的抽屉里，用纸夹着，上面写着“一楠”。

后来我们同学聚会，班主任还说呢，当时就知道是锁头这小子干的，那字写得叫一个难看，况且那时候班主任已经替一楠交上了，也就没拆穿锁头。后来锁头每次攒钱塞到抽屉里，班主任都自动续交到下个月，那时候虽然觉得这小子淘气，但也真是让人窝心。

锁头就这样小心翼翼地维护着一楠的自尊心，他知道一楠知道了肯定不要，而且会不高兴，但他不希望一楠饿着肚子，锁头有什么好吃的都给一楠留着，以至于后来班里呈现出一种很微妙的关系。

只要锁头到一楠身边，旁边的同学就自然而然地散开，这种默契不知道是什么时候形成的，所有人都知道锁头喜欢一楠，并且真心对她好。

但一楠总是对锁头不冷不热的，说不好，却有些亲密，说好，但总觉得差了些什么。

一楠家里三个孩子，她有大哥二哥，一楠是最小的，按理来说最小的姑娘应该最受疼爱，但她家恰恰相反，因为重男轻女的关系，一楠的衣服大多数是亲戚给的，或者谁家姐姐穿剩下的。

这些事，都是锁头后来告诉我的，他说从那时候起他就发誓一定要让一楠过上好日子，但事与愿违，后面的事情，让人始料未及。

初中毕业后，一楠去了三中，锁头因为成绩不好去了一中，在三中和一中的中间隔着一条路，就是当年锁头每天和一楠一起上学放学的桃源路，后来这条路也成了锁头每周去看一楠的必经之路。

上了高中后的锁头开始变得安分起来，因为他想给一楠好的生活，并且想得很长远，那时候锁头应该是和一楠在一起了吧，至少听别的同学说，每周都能看见锁头骑车载着一楠去兜风。

一楠也开始对锁头上起心来，毕竟上了高中后的锁头已经比一楠高出一头了，而且长得越发帅气，那段高中生活的确是锁头最美好的时光，年轻充满朝气，并且有最爱的人在身边，任凭谁都会羡慕。

锁头答应一楠一定好好学习，争取两个人考上一所大学，那样就不会分开了。一楠也开始憧憬着以后的生活，觉得能遇见锁头，真是一件幸福又意外的事儿。

4

但生活永远都不会按照既定的轨道去走，就在锁头上高三的时候，锁头的父亲在一次野外考察时出了意外，一家人陷入悲痛之中，家里的顶梁柱突然离去，对这个家庭的打击可想而知。

锁头不再每周去见一楠，即便见了也闷闷不乐，一楠知道锁头家里的事，但又不知道该如何安慰他，两个人在一起的时间越来越短，也越来越沉默。

后来一楠和锁头说，高考之前就不要再见面了，都好好复习，争取考个好成绩。锁头没反驳，点头同意了，那段时间锁头就像换了个人，自从父亲离世后，很少再见到锁头笑了。

锁头那时埋头苦学，整个人瘦了一大圈，好几次考试锁头的成绩都不错，这也算是一种安慰吧，锁头心里一直搁着一楠，但现在的情况他没资格去谈情说爱，只有努力才可能有好的结果。

有几次锁头实在是想一楠了，就翻墙跳出去，在桃源路上跑着去看一楠，长久积压的感情总是容易爆发的，虽然平时一楠很矜持，对锁头也忽冷忽热，但那次一楠已经整整三个月没见锁头了。

看见锁头的那一瞬间，一楠的眼泪就下来了，从未抱过锁头的一楠，一下子就趴在锁头的肩上了。锁头被这突如其来的温暖弄得不知所措，只是愣在那里，一楠也不知道哪儿来的勇气，说了一句："锁头，你倒是抱着我呀！"

锁头这才回过神来抱住一楠，轻轻地拍着一楠的头说："是我不好，这么长时间没来找你，我怕耽误你学习，也怕你不想见我。"

"才不是呢，是你不想见我。"

"不是不是，真的是怕耽误你学习，而且最近……家里的事情还比较多。"

“好了，我逗你的，你记得想我就好，以后没时间就不要过来了，太累了。”

“嗯，知道，以后保证多来见你几次，反正也耽误不了很多时间。”

锁头和一楠在那个晚上说了很多话，关于未来，关于以后的日子，两个不大不小的孩子，心里充满了对未来的向往，像两个即将开放的花朵一样，美好得让人心疼。

父亲走后，锁头成了家里的顶梁柱，每次在母亲面前都极力表现出很高兴的样子，母亲知道锁头是怕她伤心难过，也怕自己挺不过去，越来越懂事的锁头，是母亲现在唯一的依靠。

即便心里再难过，锁头仍然不露声色地生活着，因为他知道，在这以后的岁月里，他都是这个家里唯一的支柱，他必须成长而且要尽快成功。

祸不单行，就在高考前一个月，因为连日来的苦闷以及郁郁寡欢，母亲病倒了，这让一心复习的锁头心乱如麻，他必须抽出时间照顾母亲，又要挤出时间复习，在那段日子里锁头第一次尝到了生活的艰辛，也是在那个时候，锁头做了一个决定。

高考如期而至，锁头在答完最后一道题后，长长地出了一口气，然后靠在了椅子上，好像终于完成了一项伟大使命，可以歇一歇了。

在走出考场后，看着门外焦急等待的那些家长，锁头突然鼻子一酸，如果爸爸还在，今天也会来的，至少他会说："考得怎么样啊？有没有认真答卷啊？"这些再正常不过的询问，对于锁头来说却是可望而不可即，心里正想着这些的时候，一楠考完也出来了。

一楠笑着走过来，问锁头考得如何，锁头挠挠头说考得还可以，但心里还是没底，一楠安慰锁头说没事，肯定没问题的，锁头点头，两个人一起走出了学校。

因为一楠家里的原因，一楠的家人也没来考场，他们觉得一个姑娘家，考好考坏都无所谓，反正是要嫁到别人家的，这也正好让锁头和一楠感到轻松。

锁头跟一楠说："走啊，咱俩去庆祝庆祝呗？"

"去哪儿啊？"一楠问。

"去前面一个馆子，那儿的烤肉挺好吃的，我请客。"

"好，走。"

5

锁头后来说，那天吃的烤肉可能是他这辈子吃到的最好吃的烤肉了，那也是锁头和一楠第一次喝酒，觉得以后的生活自由了，况且这是一个值得纪念的日子。那天晚上一楠和锁头说了好多话，有些锁头记得，有些忘了，但有一句话锁头一直记得，一楠喝多了趴在桌上，一直嘟囔着一句话："锁头，以后就咱俩相依为命了，你可不能不要我。"

锁头拉着一楠的手，一直低着头，说："不会不会。"

等成绩的那段时间，是最煎熬的，可锁头却出奇地平静，谁也不知道他在酝酿什么计划，他每天都陪一楠一起走走，或者看个电影。

出成绩那天，一楠拉着锁头去了网吧，来网吧查成绩的人太多，只剩下两台机器，而且相隔很远。锁头办好网卡，递给一楠一张说："我去里面那台，一会儿查完了，过来找你。"

一楠如愿以偿地得到了理想的分数，锁头输入考号正要点击查询的时候，网吧突然断电了。出了网吧门，一楠的心情明显好了很多，她高兴地问锁头成绩怎么样，锁头随便说了一个不错的分数，一楠高兴地抱住锁头，说："我们终于可以在一个城市了，即便不是同一所大学，我们也不会分开了。"

锁头尴尬地笑着，仿佛他真的是那个即将踏入大学校园的学子。一楠考入了浙江杭州的大学，锁头给一楠打电话说他也考到了浙江杭州，但不是同一所大学，一楠高兴得也没再多问。

去杭州的时候，锁头和一楠是一趟列车，一路上一楠都在憧憬着大学生活，锁头也跟着一起憧憬，只有他自己心里清楚是怎么回事。等到一楠睡下后，锁头偷偷地来到列车吸烟处点了根烟，在这整个暑假的等待里，锁头学会了抽烟，这一系列的事儿，让锁头喘不过气来，却又毫无办法。

到了杭州之后，锁头先送一楠去学校报到，然后跟一楠说自己一个人去报到就可以了，和一楠告别以后，锁头拖着行李箱走在夜晚的街道上，他漫无目的地走，因为他无处可去。

查询高考分数那天，锁头送一楠回家后，自己又回网吧查了一次，他的分数过了一本线，但他却更失落。因为在高考之前，他就决定不上大学了，母亲身体不好，父亲走了之后家里断了经济来源，一直是用老本过日子，母亲的身体根本无法工作，每年几万元的学费，实在让锁头无法承受。

录取通知书是锁头在广告店花五块钱伪造的，他瞒过了所有人，包括一楠，甚至差点儿瞒过了自己。在陪一楠报到的时候，锁头有那么一瞬间觉得自己好像真的入学了，但下一秒又必须提醒自己，当初做的决定，没机会反悔。

走在杭州的街头，锁头才真切地体会到什么叫颠沛流离，最后他找了一家网吧栖身，包夜只要五块钱，玩会儿游戏，看个电影，睡一觉就熬过一晚了。这样的日子锁头过了七天，实在受不了了，他觉得再这样下去，自己就会废掉。

他用身上仅有的一些钱，租了一个房子，然后在批发市场里买了很多袜子、鞋垫之类的小商品，在大学城附近摆摊，虽然赚得不是很多，但起码能让他在这个城市栖身。

锁头住的地方离一楠的学校有些距离，每周六下午，锁头都会早早地收摊，换上干净的衣服去看一楠，给一楠买好看的衣服，陪她吃步行街的小吃，锁头只有看见一楠的时候，才会暂时忘记自己的烦恼，他觉得这样做，是值得的。

后来因为锁头卖的东西很便宜，质量又好，大学城附近的学生都买锁头的东西，生意也越来越好，从之前的地摊慢慢换成了三轮车，之后又顺带着卖些衣服、小玩具什么的。

就这样相安无事地过了一整年，每天锁头都会遵从大学生的作息时间，让一楠完全无法察觉，因为锁头在大学城附近混得很熟，即便有几次一楠过来看锁头，也没穿帮，锁头甚至还在操场打着篮球，让一楠等一会儿，自然得就像学校的学生。

锁头用一年的时间，赚了三万多块钱，这是他在最开始想都不敢想的事，他把一楠平时的开销都包了，每次一楠问他哪儿来的钱，他都会说是自己兼职赚的钱。

6

大二暑假回家的时候，一楠跟家里摊了牌，带着锁头见了家里人，一楠母亲听说锁头父亲几年前走了，现在是单亲家庭，有些不悦，但看在跟一楠这么多年，而且还是在一个城市念书，多少还能照顾照顾一楠的分上，也就没再多说什么，同意他俩先交往试试。

锁头没带一楠回家，因为他怕一楠发现什么，当初锁头决定不上大学后，母亲极力反对，但最后还是拧不过锁头，只能勉强同意。母亲觉得对不起锁头，每次打电话除了说些吃饱穿暖的话，别的话多一句都不讲，锁头知道母亲心里难受，他也从来不提。

在杭州赚钱后，每个月锁头都会给家里汇一笔钱，他知道，只有这样才能让母亲放心，知道自己过得还算好，至于一楠那边，只能再拖一拖了。

等到大三开学时，锁头经过这两年的拼搏，已经在大学城附近租了一个商铺，卖衣服和工艺品，在大学城附近的学生看来，锁头是他们的榜样，有的人知道锁头的故事，都很佩服他，甚至有很多学生想辍学，跟着锁头一起干，但最后都被锁头劝了回去。

别人说什么锁头都不在乎，他唯一在乎的就是一楠，他已经想好了，等一楠毕业就结婚，再努力两年在杭州买套房，把母亲接过来，这日子就算安稳了。

但事情好像永远都不能计划，那些突然袭来的变故总是让人不知所措。三年来一楠每次过来找锁头的时候，都会提前打电话告诉一声，唯独那天没打。

一楠的母亲来杭州看一楠，顺便旅游，一楠打算和锁头一起陪着母亲到处走走，也能增加对锁头的了解，从哪方面看都是好事，可唯一不凑巧的是，这天下午锁头刚好去进货，店关了门，因为忙手机震动也没听见。

等一楠和母亲到了锁头说的学校时，却联系不上锁头，一楠因为着急，问了许多路过的同学有没有认识锁头的，很多人听了都说不认识，后来一楠才想到，锁头这个名字也许仅限于她知道，便改口说认不认识赵元辰。

这时候从旁边经过的一个同学听见了，便问："是对面卖衣服的赵哥吗？"这一问把一楠问晕了，卖衣服的赵哥？后来经过一楠的描述，对方肯定说的就是赵哥，一楠这才知道锁头这三年根本就没上大学，而是在街上卖衣服，而这三年的一切都是欺骗。

一楠的母亲气得直哆嗦，在旁边说："我就知道这小子不是什么好东西，看着就不靠谱，你啊，还说他这好那好，看吧，连个大学都没考上，嘴里还一句实话都没有，这种人你以后怎么信？”

这一连串的责骂和质疑，让一楠无从辩解，她不知道锁头为什么骗她说自己上了大学，为什么不跟她说实话，一楠心里还有一丝侥幸，觉得那个同学肯定是认错人了。

现在唯一的办法就是等锁头回来，一楠和母亲站在锁头的店门口，一直等了一个多小时，锁头才回来。锁头根本就没想到一楠她们会来，手里提着大包小包，嘴上还叼着烟，一抬头，吓得把东西扔了。

一楠走过来，直勾勾地盯着锁头说：“这店是你的？”

“额……是。”

啪啪，俩耳光，一楠再没多说一句话，领着她妈就往回走，锁头追上去要解释，一楠扭过头面无表情地说了一句：“锁头，咱俩完了，其实三年前就应该完了。”

锁头愣在原地，不知该如何是好，只能眼睁睁地看着一楠带着她母亲走远。

晚上锁头拿着电话纠结了很久，一直不敢打过去，以前觉得总有一天得摊牌，但随着时间的推移，越来越不知道该如何坦白，如今怕是更难解释清了。

7

从那天以后，锁头再没联系到一楠，去学校几次都没碰见，问同学也都说不知道，锁头知道，这是一楠故意躲着自己，锁头没办法，只能回店里一直等，这一等就是一年。

一年后一楠大四，即将毕业，来找过锁头一次，把之前锁头给她买的东西全都还给了锁头。那天的场面应该挺惨的，锁头一整年没见到一楠，看见一楠推门进来愣了半天，最后迎上去的时候，一楠直接把锁头当空气。

当一楠把所有的东西都扔给锁头的时候，锁头蹲在地上摸着那些曾经买给一楠的东西号啕大哭，一直说着对不起，但一楠就是不为所动。

锁头说，那时候他恨极了一楠，这四年他是怎么过来的，没人知道，但他问心无愧。这么多年都过来了，就因为这件事，不依不饶，这让他难以接受。

一楠走之前，蹲在地上捧起锁头的脸，像是要把锁头的脸刻在脑子里一样，就那样一直看了半分钟，然后一言未发就走了。

锁头知道，那时再多说什么，也是无用的，一楠走后，锁头再没联系她，他知道，这段情散了。

有天晚上锁头刚要睡，电话突然响了，一看是陌生号码，锁头就没接，后来又打了过来，锁头接起来问是谁，对方先是一阵沉默，接着就是抽泣。

锁头腾地坐了起来，他知道对方是一楠，急得直结巴：“是一楠吗？你你……怎么了？”

“锁头我想你，我特别特别想你，但是对不起，对不起……”

然后电话就断了，留下了长长的忙音，等锁头再打过去的时候，已经关机了。

锁头一夜未睡，他想不通为什么一楠会突然来电话，而且态度和以前大不一样，他怎么想也想不明白。第二天一早锁头就买了最早的车票，打算回老家看看。

等到了老家锁头才明白一切，一楠的二哥要结婚，但家里条件不好，拿不出彩礼钱，媳妇闹着要分手。一楠的母亲就希望一楠能跟税务局的局长儿子相亲，那年她去杭州就是想让一楠和锁头分手的。

你管那人叫过去，只敢夜里记起，旁人问起，你总说是上辈子的事了。世事难料，那么多的感情，付之东流，毫无结果，这大概是你这辈子做过的最奢侈的事了。

那件事还没来得及说，锁头的事就露馅了，一楠一时难堪，就提了分手，后来一楠的母亲背着一楠把局长儿子约了出来，一楠一开始死活不同意，但一楠的母亲明说了："你同不同意都得接受，不然你二哥这辈子都娶不上媳妇。"

这简直就是当代卖女儿换儿媳妇的桥段，一楠坚决不同意，她还有那么长的人生，她不想就这么断送。后来她二哥亲自过来求她，一楠心软，只能勉强答应，刚答应，彩礼钱就送过来了。

拿着一楠的彩礼钱，她二哥顺利地把婚结了，那时候的一楠万念俱灰，她知道这事没退路了，也知道没办法跟锁头说，只能把所有东西都还回去，让锁头死心。

可一楠看着锁头，心疼得不成样子，忍着疼故作冷漠，临走的时候一楠觉得这以后可能再也看不到锁头了，便蹲下来仔细地看了看自己爱了这么多年的人，然后头也不回地走了。

一楠后来从别人口中听说，锁头一直都辛苦地做买卖，大学这三年锁头没少为自己花钱，虽然当初一时不能理解，但冷静下来后才明白，锁头才是对她最真心的那个，但一切为时已晚。

锁头知道这一切后，冲到了一楠家里，说什么也要把一楠带走，一楠的两个哥哥冲了出来，嚷嚷着非要打死锁头，正要打起来的时候，一楠推门出来，看着锁头说："回吧，在杭州好好赚钱，以后找个好媳妇，别想我了。”

锁头不依，因为他知道一楠是迫不得已，在这样的家庭里生活，对一楠来说，简直残忍。但一楠不为所动，仍然转身回去了，锁头知道此事不能着急，便决定返回杭州，临走的时候锁头的母亲说了一句话：“一楠那丫头，命苦啊，摊上这么个妈。”

锁头没吭声，他知道母亲喜欢一楠，不止一次问过他，什么时候正式把一楠带回来，锁头总说快了快了，没想到最后是这样的结果。

回杭州后的锁头，每天窝在店里，也没心思赚钱，店关了有一阵子。就在锁头等待转机的时候，他收到了一楠的短信，内容很简单，八个字：“我要结婚了，你来吗？”

锁头不知道怎么回复，这才有了最开始的那一段，锁头问我该不该去，我说：“一楠既然希望你去，那你就去吧，就当好聚好散，也算是祝福一楠能幸福。”

锁头说：“去他的幸福，一楠怎么可能幸福？”我说：“你自己好好想想吧，别后悔就行。”

8

锁头决定不参加一楠的婚礼，这是我没想到的，锁头和我打完电话后，就给一楠回了短信：

“其实那年我考上了，没钱读，但我不想你也没钱读。”

这一条短信解释了锁头这四年压在心里的所有秘密，短信发过去后，锁头觉得好像什么事都没了，世界清静了，他也不得不接受一楠即将成为别人妻子的事实。

一楠没再回短信，锁头觉得也许是不用说了，也许是没什么可说了，总之锁头决定不去参加一楠的婚礼，毕竟那个场面，锁头怕控制不住自己，扰乱一楠的生活。

下面这些话是锁头跟我说的：

“一楠婚礼那天，我坐在店门口抽烟，从下午两点，抽到了晚上六点。那时候天色刚刚有些暗，我看见前面路口有一辆车停了下来，从车上下来一个女人，但因为天色的原因，我看不太清楚。

“我就看着这个女人缓缓地向我这里跑来，越跑越近，我睁着眼睛都不敢相信这件事，你知道是谁吗？一楠，是我的一楠啊，她提着一个小包向我跑来，就像当初在桃源路她等我一起上学的场景，我不确定这个人是不是一楠，因为她此时应该在老家举办她的婚礼。

“可她就这样站在了我面前，并且气喘吁吁地跟我说：‘锁头，你看清楚了，我什么都没了，你以后得养我。’说完她拿出户口本、身份证，在我面前比画，问我，‘你知道这是什么吗？是我的命，我要跟你结婚，我要跟你登记。’

“我当时一句话都没说出来，就光顾着哭了，我朝思暮想的一楠，回来了。”

等我再见到锁头和一楠的时候，俩人已经登完记，成为一对儿合法夫妻了，我有太多的疑问需要解答，一楠是如何从自己的婚礼现场逃跑并且来到杭州的，她家里人后来是怎么处理这件事的。

一楠哈哈笑着，说本不想再提，一辈子干这一回足够了，见我这么好奇还是跟我讲了讲，大概的情节就是，一楠把自己的身份证藏了起来，说丢了，一时没办法登记，只能先结婚。

在结婚的头一天，一楠就找了一辆车，打算包车去杭州，预付司机五千，事成之后再付另一半。

婚礼如期举行，一切美好又和谐，等敬完酒回去换衣服的时候，一楠从后面的窗户跳了出去，然后上了早就准备好的车，直奔杭州。

一楠说当她收到锁头发来的短信时，就明白这辈子都放不下这个人了，她无法忍受和不爱的人在一起，与其让自己痛苦一辈子，不如来个了断。

她想为自己的人生拼一次，结婚前一晚，一楠写好了给她妈的纸条，一楠跳窗走的时候，纸条就扔在床上，她妈读完，当场就晕了过去，纸条的大概意思就是：这婚我已经结了，答应你的事也办了，我二哥的婚也结了，但后面我不奉陪了，我得为自己的人生负责去了。

因为一楠属于逃婚，第二天锁头和一楠登完记成为合法夫妻之后，就把店低价盘了出去，彻底地离开了杭州这座城市，私奔也好，为了爱情也好，总之锁头和一楠不可能再分开了。

后来锁头把老家的房子卖了，把母亲也接了过来，现在三口人就在某个城市里生活着，锁头仍然做服装生意，听说店也比之前的大，一楠怀孕了，正在待产，生活美满幸福。

最近一次跟锁头打电话，他跟我说："十年前在桃源路上，为一楠丢了自行车，然后被人揍得鼻青脸肿，这是我这辈子做得最正确的一件事儿，要是下辈子还能遇见一楠，我仍会义无反顾。"

我问锁头："一楠当时怎么就愿意跟你私奔呢？"

锁头说：“当时我只说了一句话。”

“哪句话？”

“一楠，走啊，我们去人海里安家。”

“你就像旧巷子里的流小浪
很自由但也没有归宿。”
Free,
but homeless

流小浪

我一边抱着流小浪，一边抱着可可，那一瞬间我甚至觉得，还结什么婚，找什么女朋友，有这两条狗就够了。

四月的北方，依旧透着凉意，那是我第一次见到流小浪，其实它应该也有名字的，但已经没人知道了，毕竟它是一条流浪狗，和许多流浪的猫啊狗啊一样，它曾经也有主人，只是后来主人不要它了。

那天我去楼下倒垃圾，走到一楼的拐角处，听见小狗的声音，往楼梯下面一看，果然有一只短毛黄色的小狗，看起来不是什么珍贵品种，脖子上还系着红色的链子，看起来应该是被丢掉的。

因为当时刚出来工作没多久，加上住的地方条件又实在不允许，若是把它抱回去，合租的朋友肯定一百个不愿意，但又觉得它实在可怜，就去食杂店买了几根火腿肠，扔给它吃。

它看起来应该是饿了很久，基本连闻都没闻，叼起来就吃了，狼吞虎咽。我看着它，它也看着我，一双黑溜溜的大眼睛怯生生地望着我，我说："你这么胆小，是被人抛弃的吧？你应该有名字吧？可我没办法知道，你又不会说话，以后你就叫流小浪吧，和我一样，在这座城市流浪。"

它歪着脑袋看着我，也许是听懂了，其实仔细想想，我和流小浪又有什么区别呢？无非是有个窝，在这座号称魔都的城市里，简直不值一提，所以我对流小浪格外关心，毕竟它是我在这座城市里唯一值得信赖的小东西。

因为实在没办法把它抱回家，便只能找一些破棉被，还有我上学时不穿的衣服，拿到楼下垫在了楼梯下面的空间里，又找了些木板挡了起来，至少希望它能知道，虽然它是条流浪狗，但也有人管它。

从此每天下班之后，我都会叫它出来，它倒也很乖，从来不跑出小区，也许是胆小，也许是当初主人就把它扔在这儿了，它可能觉得只要不离开这里，主人就会接它回去吧。

这个小区里也有些别的狗，但大多是名贵品种，打听了一下，随便一条也得五六千块钱，这还是便宜的，我回头看着流小浪，它抬头看着我，我说：“你多少钱啊？把你卖了吧？”

它只是抬头看着我，它自然是听不懂什么叫作卖，对于人类它可能只是信任，就算被抛弃它也不会觉得伤心吧，它可能觉得主人在和它玩捉迷藏游戏，只是这个游戏的时间对它来说太长了。

有时我趴在楼上的阳台上，会看见流小浪在小区里溜达，它偶尔去垃圾堆捡一些东西吃，偶尔跳上小区的石凳子上趴着，一点儿也不活泼，只是呆呆地趴在那里一动不动，好像在思考什么。

每天晚上，小区里的人都下班回来了，都牵着狗下楼遛弯，这时的流小浪是不会在小区里待着的，它会早早地回到楼道下面睡觉，也许是觉得无聊，也许是看见别的狗有主人，总之我一次都没见它和别的狗交流，看起来就像自闭症患者一样。

其实我是知道的，它只是自卑，不管你相不相信，流小浪的心事的确太重了，有一次它在楼道门口坐着，平时这个点儿基本不会有狗出来，可那天例外，突然跑出一条狗，后面跟着它的主人，那条狗叼着一个球，主人扔出去，它再捡回来。

因为提前下班，我在小区的门口看着流小浪，不知道它会不会跑过去一起玩，突然球落在了它的脚底下，它好像一下子打起了精神，好像恢复到了它本来的样子，它张开嘴把球叼了起来，刚要跑却又突然停下了，因为对面的那条狗跑了过来，流小浪停了停，然后低头松口，把球放在地上，转身回窝里趴着了。

我在远处看得心里难受，它也渴望有个人陪它玩，它也想玩，但在叼起球的一瞬间，它可能突然想起，没人去接它嘴里的球，它的主人也不在这里，这个球也不是它的，对面的那条狗跑过来，流小浪把原本不属于它的球，还回去了。

如果狗也和人一样，我想，那天流小浪肯定难过死了，就连我在旁边看着，都心酸得不行。晚上回去我特意做了一份肉菜，拿着餐盒到楼下递给它，它吃得很开心，好像只有这个时候它才欢快一些。

它边吃边看着外面，好像有人在等它一样，我摸着它的头说：

“流小浪啊，要不你认我做你的主人吧？”它停止吃饭，看了我一会儿，然后又低头继续吃。

“你原来那个浑蛋主人不要你了，我要你，虽然我给不了你太多，但起码有人管你。

“就这么定了啊，虽然我没办法把你放在身边，但好在天气不冷，你在这儿也算是有个栖身之所。

“等回头我多赚点儿钱，我就把你接过来，行吗？”

我也不知道我为什么要跟一条不会说话的狗说这么多，也许是太寂寞，也许是太无聊，如今想想，那时候的自己可能和流小浪太像了，感情不顺，工作又刚刚开始，生活压力又那么大，那时候自己可能连一条狗都不如吧。

过了几天，我给流小浪也买了一个球，绿色的，我扔给它的时候，它先是迟疑了一下，盯着球看了半天，然后又看看我，那表情就好像在说：“你干吗？要跟我玩球？你好幼稚啊。”

但它仍旧拿鼻子闻了闻，然后顶了出去，我捡起来扔向远处，它跑过去叼起来，又跑回来把球放到我手里。它的动作很娴熟，它以前一定也玩过这个游戏，从一开始很拘谨，到后来彻底放开，我陪流小浪玩了一下午，后来我累了，坐在小区的凉亭里休息，它蹲在旁边张着嘴伸着舌头，看起来很高兴，但估计也累坏了，热得不行。

我买了一瓶水回来，倒在手里，它过来舔着，痒痒的怪好玩的，喝完水它就把嘴闭上了，舌头也不伸了，就是静静地趴在那儿，偶尔会看我一眼，然后继续趴着。

“流小浪，你认我这个主人了吗？”我试探着问它。

它抬起头，走过来，在我的脚边蹭了蹭，走了一个大圆圈，突然摇起了尾巴，要知道从我最开始遇见流小浪到现在，那是它第一次冲我摇尾巴。

通常来说，一条狗要是对你摇尾巴，基本就是认定你了，它会觉得你不会伤害它，它可以信任你。看得出来，它接受我这个不称职的主人了，至少它开始跟我亲近了。

流小浪基本不叫唤，不像别的小狗，从你身边走过的时候都要叫上几声，旁边有主人时更甚，其实那句话说得真对，狗仗人势。

有时夜里失眠，我会到阳台抽根烟，有好几次我发现流小浪竟然也不睡觉，我不知道别的狗如何，但它总是夜里坐在花坛边静静地待着，流小浪通常能在昏暗的路灯下面坐上好久。

我不知道它在想什么，也不知道它脑子里装的是什么，别的狗夜里睡得可好了，唯独它，就像一个装满了心事的小孩，没人问，它也不说。

对了，流小浪是条小公狗，但它的前任主人给它做了结扎，这也许是它性格沉闷的原因吧，它可能觉得自己不是一条完整的公狗了，已经了无乐趣，所以干什么都无精打采的，在这一点上，我很同情它。

自从流小浪在楼下住下之后，生活也算无忧，偶尔会有些好心的姑娘过来喂它好吃的，它也来者不拒，但从不讨好别人，尾巴也不摇，除了见到我摇尾巴，对其他人一直保持冷漠。

我一直怀疑流小浪是摩羯座，跟我一个星座，它跟我太像了，有时候高冷得让我郁闷，一条狗的性格竟然像一只猫，我真的没办法理解，很多狗的游戏它都不会，比如握手，比如站起来，比如听口令。

不管我怎么拿吃的诱惑它，它仍旧不为所动，就是坐在那里看着我，好像在说："你无聊不无聊，我不想动啊，你再这样下去，别当我主人了。"虽然我不懂狗语，也不懂它的心思，但我能从它的表情里看出来，它有多厌烦我对它的训练。

但它毕竟是一条狗，为了自己的三餐，还是得讨好我的，偶尔它也给我面子，握个手，或者听话地坐下。但也只是偶尔，它只要是吃饱了，就不理我了。

"我有些后悔当你主人了，你太高冷了，不像狗啊。"

它不理我。

“你原来的主人对你好不好？跟你玩吗？”

它不理我。

“你原来的主人是男的还是女的？”

它依旧不理我。

“你想不想你原来的主人啊？”

它突然抬起头看着我，好像下一秒就要哭出来的模样，然后神情落寞地站起来，用后腿挠了挠脑袋，便回窝里去了。我一直觉得自己不会聊天，和人交流的时候很差劲，没想到跟一条狗聊天也能聊得这么尴尬，哪壶不开提哪壶，光提伤心事，难怪流小浪不乐意了。

后来天气越来越热，好在流小浪的毛不是那么长，除了蹲在楼道里伸着舌头排汗，就是睡觉。晚上我陪它在小区溜达，看见别家的萨摩坐在那里呼哧呼哧地喘着粗气，我突然笑得不行。

流小浪抬起头看着我，好像在说：“你傻了吧？吓死我了，突然笑什么呀？”

“你看旁边那萨摩傻不傻？大夏天的长了那么多毛，热得它都快中暑了，哈哈。”

萨摩的主人瞟了我一眼，觉得我可能是个傻瓜，跟一条狗交流不说，竟然还笑话另一条狗毛多。萨摩就是毛多啊，进化几百年了它仍旧毛多，所以它可能还是受得了，我突然觉得自己的确像个傻瓜了。

流小浪也不是一直高冷的，偶尔也会表现出一条狗的本来模样，比如会汪汪叫两声，或者围着我转圈圈，我给它买过狗绳，但它从来不戴，只要套在脖子上，立马就坐下不走了，怎么拉都不行。

我觉得它可能是有阴影了，毕竟当初它主人扔它的时候，就是牵着狗绳骗它出来的，所以它可能对狗绳恨之入骨。所以我不再勉强它了，毕竟它也不乱跑，连小区的门口都不去，每天就趴在小区里的石凳子上或者楼道门口，或者待在窝里睡觉。

不知道是因为我的照顾，还是附近好心的人太多，总之流小浪竟然胖了许多，毛发也比以前有光泽。正好那天天气很好，我去楼上拿了一个大盆下来，给它彻底洗了一次澡，别说，流小浪的颜值不低，洗完澡梳梳毛，竟然比小区里的其他狗，不知好看多少。

自从洗完澡之后，流小浪的人缘比以前还好，不时有姑娘过来逗它，但它就在我身边待着，别人问我它是什么品种，我也答不上来，人家说："这不是你的狗吗？"我说："是啊，捡的啊。"然后就很尴尬了。

因为流小浪的体形不大，有几次我想抱它上楼待一会儿，但它死活不干，进了屋子就狂叫，好像我要吃了它似的，我怀疑流小浪有幽闭恐惧症，它盯着我的屋子，表现出一种很恐惧的神态。

"你大爷，流小浪。你是不是嫌弃我的屋子小？"

“你这么胆小……
是被人抛弃的吧？”
You are so timid

流小浪回头看了我一眼
好像在说："谢谢你的照顾啦，我要带可可去玩了。"

它不搭理我，只是狂叫，后来实在没办法，我又把它送了下去，我怀疑它以前生活的房子比我这儿大许多，不然它不可能这么瞧不起我，为此我还生了它好几天气，没给它送吃的。

但它倒是满不在乎，每天仍旧趴在楼道门口，或是满小区溜达，偶尔思考人生，毕竟还是有别的姑娘给它送吃的，它觉得多我不多，少我不少，我一个星期后才去找它，我以为它会很想我，但我的确高估我自己了，流小浪看见我，虽然也摇尾巴，但看不出有任何的表情，看起来很淡然，好像遇见一个熟人打了个招呼而已，一个星期没见，倒也没见它瘦多少。

“流小浪，你个没良心的，我一个星期没来你都不想我？”我说完这句话之后，它竟然起身走了过来，然后趴在我的脚边，把眼睛闭上，一会儿就睡着了。

这时我才明白，为什么流小浪一直对我留有戒心，因为在它的世界里，它认为曾经那么爱它的主人都可以把它丢了，我一个半路认识的人，怎么可以全身心去依赖？它太怕失望，它太怕依赖这个人之后，有一天会再也见不到这个人。

狗的记忆不像人，我们时常会忘记一些事情，偶尔会想不起来某件事，甚至你无法记得一两年前遇见过谁、说了什么话、做过什么事儿，除了那些重大事件之外，某些细枝末节的小事，没人会记得。

可狗却会，它记得和主人相处的每一天、一起做过的每一件事，它记得主人的味道、主人走路的声音、主人说话的语调，还有发出的各种命令，它会记得所有的事情，包括把它丢弃这件事。

所以我见过很多流浪狗，都一副无精打采的样子，很怕人，又很想亲近人，它们从不和家养的那些宠物狗有任何来往，也许在它们的眼里，这些它们曾经都有，它们并不羡慕，它们知道那是一种怎样的痛，所以它们不愿意再回忆曾经的点点滴滴。很多时候我们都会觉得，一条狗而已，它会知道什么呢？

其实它什么都知道，什么都会记得。

流小浪在这个小区住得安稳，除了每天跟我在一起的时间，它都在睡觉，我不知道它几岁了，但可以肯定的是，它不像别的狗那么活泼，它好像什么都玩过，什么都见过，现在只想睡觉。

对面楼的一位姐姐怀孕了，听说我在楼道里养了一条狗，过来问我能不能帮忙照看一下她家的狗，我问她为什么不自己养，她说："这不是怀孕了吗，怕狗身上有病菌啊，等孩子生完了再接回去。"

我实在没办法拒绝，我说那就放这儿吧，正好它也有个伴儿了，我不知道她什么时候会生完孩子，也不知道她什么时候会接这条狗回家，小狗叫可可，挺可爱的，一看就是娇生惯养长大的。

流小浪对于可可的到来，并没有太大的反应，我试着把可可放到它的窝里它也没反应，它并不跟可可交流，连闻一闻可可它都不愿意，我真怀疑它是不是一条狗。

一开始可可的主人每天都会过来看可可，抱起来亲亲、摸摸什么的，后来就是几天一来，或者一个星期一来，再后来就不过来了，因为可可是条白狗，跟流小浪混在一起之后，自然脏了许多。

有一次我在楼上抽烟，看见可可的主人买了菜回来，可可屁颠屁颠地跑过去摇着尾巴，可她竟像是躲一只老鼠一样，连头也没回就进了单元楼，可可愣在原地好久，然后一步一步走回了窝里。

我知道，她不会再来接可可回家了，她怀孕与否可可都回不去了，因为她就是不想要它了，当初怕我不收留说了那么多冠冕堂皇的话，如今想起来，人有的时候真的很差劲，因为狗从来都不虚伪。

我无法揣测一条狗的心理活动，但我能从可可的神态里看出来，它似乎知道了自己的命运，也明白它的主人不要它的事实，因为后来有几次可可的主人再从这里经过的时候，它再没摇过尾巴。

也许狗也会记仇吧，也许狗也会置气，总之可可也变成了一条流浪狗，虽然说得好听点是我收留它们，其实我一天也没正儿八经照顾过它们，除了每天会送过去一些食物和水，其他时间都是它们自己玩儿自己的。

流小浪似乎慢慢接受了可可，它会经常带着可可去小区的石凳子上趴着，有时还带着可可去树底下乘凉，总之就是流小浪走到哪儿，可可就跟到哪儿，看着它俩互相依偎着睡觉，颇有一些相依为命的感觉。

有一天居委会突然上来敲门，问楼下的两条狗是不是我的，刚开始我以为它俩闯祸了，毕竟一旦发生狗咬人这种事，赔偿的数目可不小，当时连交房租都困难的我只能说："不就是两条流浪狗吗？我也不知道是谁家的。"

大妈不依不饶："甭装了，我都打听过了，这两条狗一直是你喂的，有狗证没？没有的话一会儿拉走了。"

"拉哪儿去？"

"我怎么知道拉哪儿去，杀了吃肉吧。"

"别，我的狗，我管。"

"一条五百，两条一千，抱着去做个检查然后打个针，狗证下午就出来了。"

"这么贵？能不能少点啊？"

"这是规定，一分都少不了，不办立马拉走。"

"得，办。"

没办法，为了这两条狗，一千块钱没了，折腾了一天，总算把狗证办了下来，它俩因为各挨了一针，一直哆哆嗦嗦地躲在窝里不肯出来，怎么叫都不管用，它俩觉得我肯定又要带它们去打针。

“两位祖宗，我这为了你俩一千大洋都扔进去了，你俩好歹给我个面子吧？”

流小浪跟可可伸出脑袋看着我。

“要不是我，今天你俩估计就见阎王爷了，还能在这儿睡觉？”

流小浪先出来的，走过来，舔了一下我，然后回头看了一眼可可，可可也出来了。看来流小浪已然成了可可的老大，不过也还好，它俩总算相处愉快，这可比整天掐架强多了。

自从它俩有了狗证，我这心里也踏实了，给它俩买了狗牌儿戴上，虽说现在它俩仍算是风餐露宿，但至少也是有主的狗了，不能让外面的狗欺负了。

那段日子我拼了命地加班，因为业绩突出，工资也翻了一番，生活比以前宽裕了许多，流小浪和可可的伙食也一天比一天好，从最开始的剩饭剩菜，到后来专门的狗粮，虽说也不便宜，但我打心眼儿里觉得，俩命苦的狗，能对它们好一点儿就好一点儿吧。

秋天的时候，房东打来电话说明年不租了，儿子要结婚急着用房子，过完年回来就得腾出来，还好提前说了一声，不然到时候突然来这么一下子，我就得跟流小浪挤一个窝了。

其实这样也好，我正想着换一个大点儿的房子，手里有了一些积蓄，怎么着也得找个一室一厅吧，这样就能把流小浪跟可可接过来，省得天天在外面跑，弄得跟没家似的。

流小浪一如既往地高冷，可可因为生性活泼，每次见到我都很兴奋地冲过来，有时候我也会故意当着流小浪的面儿跟可可玩耍，可它就是不吃醋也不着急，除了看两眼以外，不会有任何的动作。

在讨人喜欢这个层面上，流小浪真应该像可可多学习学习，虽然它可能是摩羯座的狗，但也不能比主人还要高冷吧，我抱着流小浪说了不下十次，它要么很生气，要么挣扎着要下去，我觉得我可能永远都走不进流小浪的心里了，没良心的狗啊。

但感情其实就是这样，无论人或者动物，经过长久的陪伴，总会有一些感情存在。有天晚上我回来得晚，那天心情特别不好，有个项目谈崩了，又没人可以诉说，坐在小区的凉亭里越想越憋屈，不自觉地流下泪来，就在这时，流小浪跑了过来，跳上桌子，一直舔我手上的泪水。

那一瞬间我就觉得，它可能真的就是一条不善于表达情感的狗吧，如今能做到这样，我已经很满足了。它高冷也好，沉默也好，如今它趴在桌子上，一直盯着我的时候，我真觉得没白照顾它，流小浪偶尔喘一下粗气，或者过来舔舔我的手，我知道，这是它能给我最大的安慰了。

“过来，我抱抱你吧？”我把手打开，对着流小浪说道。

它慢慢地走到桌子边缘，然后跳到我的腿上，我轻轻地抚摩它，它的毛软极了，我没想到流小浪竟然也不瘦啊，肉乎乎的身上很温暖。

后来可可也过来了，没等我叫它，自己一下就跳到我的腿上，我一边抱着流小浪，一边抱着可可，那一瞬间我甚至觉得，还结什么婚，找什么女朋友，有这两条狗就够了。

转眼到了年底，天也冷了许多，我在楼下重新搭了一下狗窝，又买了一些新棉被添上，因为是老楼，小区的人也不多，若是换作高档公寓，狗窝估计早被人清走了。

弄完之后，我跟流小浪和可可说：“别着急啊，等过完年回来，就接你们去新房子了，再也不住外面了。”

流小浪依旧漠不关心的样子，只是现在会过来蹭我的手了，可可倒是很兴奋，虽然它根本不知道我说的什么，其实不管我说什么，可可都是一副很兴奋的样子，和流小浪形成鲜明的对比，就像一个成熟稳重的大叔和一个刚入社会的毛头小子。

房子早于春节之前找好了，离公司很近，一室一厅，客厅很大，狗窝也都买好了，房租也翻了两倍，其实不管是因为流小浪还是因为可可，我都想改变一下自己的生活，无论生活多困难，都不应磨灭对生活的信心，人活着不就图一个心理舒服吗？

春节临近，因为要回老家过年，这一个星期的时间没办法照顾它俩，便托付给平时也对它俩挺好的一个保安小伙子，毕竟是有求于人，走之前塞给保安小伙儿两百块钱，权当是过年送个红包了。

回家之后跟我妈说了这事儿，我妈说我真能作，女朋友还没有呢，又整了两条狗养，自己都照顾得不怎么样，还能照顾好两条狗？没办法，只能赔笑，但后来我妈还是跟我说，要是没钱了就跟家里打电话，别什么事儿都憋着，不跟家里人说，再怎么也不能委屈了自己。我鼻子一酸，眼泪差点儿掉下来，然后起身假装去洗苹果，在家待了七天，每天都想着没良心的流小浪和人来疯的可可，一想着回去之后把它俩抱回新家，我都能想到可可的兴奋样，还有流小浪的一脸冷漠。

我是提前一天回去的，因为着急搬家，刚一进小区，我就看见保安小伙儿了，我走过去说："这几天给你添麻烦了，这两条狗还算老实吧？"小伙儿面露难色，支支吾吾躲躲闪闪，我知道，坏了，出事了。

我一路跑到单元楼门前，狗窝还在，可流小浪跟可可却不见了踪影，我找遍了小区的各个角落就是不见它俩的影子，我疯了似的跑回去抓着保安小伙儿问到底怎么回事，小伙儿看我着急的样子，差点儿被吓哭。

原来我走之后的几天里，它俩还好，太阳出来它俩就在小区里溜达，每天保安小伙儿都会把我之前留的狗粮送过去，不料在我回来的前一天出了事。

据保安说，当时流小浪正在凉亭里趴着睡觉，一辆轿车拐进小区，下来一男一女，然后流小浪疯了一样冲了过去，俩人见一条狗冲了过来，急忙躲进车里，等回过神来一看，发现正是他俩一年之前扔的狗，没想到它竟然还在这儿待着。

男的骂骂咧咧地开车走了，说着什么“死狗记性还挺好，一年了还认识啊”。然后流小浪就跟在车后面跑，可可见流小浪跑了，它在后面撵，没等保安小伙儿反应过来，它们已经跑不见了。

流小浪仍旧记得它的主人，它以为他们是回来接它回去的，它等了整整一年的时间，所以它不想错过这唯一的机会，我太了解这条狗的脾气了，犟得很，一根筋。

我找了好几天，都没找到流小浪和可可，这座城市太大了，也许它俩又去别处流浪了，也许是被好心人收留了，也许是……我不敢再想下去，城市对于流浪的动物来说，太危险了。

正当我准备放弃的时候，有一天下班，听见前面围着一堆人说：“看看啊，两条狗打架了啊，有一条已经被咬死了啊，真狠啊，躲远点儿。”

我拨开人群看向里面，那竟是我的流小浪和可可。可可已经死了，两条后腿近乎粉碎，很明显，是被车碾压致死的，白色的毛上面血迹斑斑，流小浪叼着可可的脖子，一点一点地往前拽，嘴里还淌着血。

我一时语塞，甚至不知道怎么办才好，我蹲在地上，轻轻地叫了一声："流小浪……"

它突然停下，叼着可可的嘴也松开了，然后一步一挪地走过来，舔了舔我的手，便倒下了。我抱起流小浪和可可就往宠物医院跑，我知道前面那条街的拐角处就有一家，流小浪的体温越来越低，无论我怎么叫它，它都不睁眼看我，我边跑边说："流小浪，咱不叫流小浪了，就叫浪浪好吗？以后也不流浪了，有家了，我给你买了一个特别大的窝，特别好，你可千万别死啊……"

在宠物医院里抢救了一个小时，流小浪还是死了，我不知道狗死的时候会不会闭眼，反正流小浪没有，它一直睁着眼睛，好像放心不下可可，又好像是舍不得我，也好像是舍不得它那个没良心的主人。

后来照了X光片才知道，流小浪的肋骨断了好几根，它和可可应该是同时被撞的，因为可可总是寸步不离地跟着流小浪，想来应该是跟丢了它主人的车，又被车撞了，可可当时就死了，但流小浪仍旧叼着可可的尸体走了回来，我看了一下距离，还差两百米，它俩就到家了。

后来回去的时候，保安小伙儿一直特别愧疚，我说：“这事儿不怪你，要怪就怪我，没能早点接它俩回家，也怪流小浪记性太好，一年后竟然还记得原来的主人，它也许到死都不明白，它的主人为什么不要它了，它也许永远都不会明白，人类爱你的时候特别爱，不爱你的时候，甚至连多看你一眼都觉得烦。”

我猜如果流小浪知道伤心的话，它应该会疼死的，连续被主人抛弃两次，如果狗也有灵魂有轮回，我希望流小浪下辈子别当狗了，很多时候人是不配拥有一条狗的信任的。

搬家的时候，碰见了可可的主人，我跟她说了一下情况，她鄙夷地说：“哎呀，死了啊？死就死吧，那也是它的命啊，死了好，死了早超生，你说是不是？”我问她：“您不是怀孕了吗？”她尴尬地笑笑转身走了，肥大的屁股扭来扭去，看起来的确像一个孕妇，但我知道，她去年被男朋友甩了，怎么可能怀孕？

也许对于可可这样的狗来说，这也算是一种解脱吧，至少不用担心自己被抛弃、被冷落。也许在那一边它仍旧屁颠屁颠地跟着流小浪到处走，毕竟流小浪是它老大嘛。

回到新租的房子后，我突然瞥见角落里的狗窝，那里本该是流小浪和可可的新家，放下行李，坐在沙发上抽了很多烟，写了两张纸条，上面写着“流小浪”“可可”，然后把纸条放在了狗窝里，它俩总算是有家了，再也不用在外面流浪了，想到此处，我泪如雨下。

因为搬家太累，我便躺在沙发上睡着了，恍惚间做了一个梦，梦里流小浪在前面走着，嘴里叼着我给它买的球，可可在旁边疯跑，它仍旧一副对我爱搭不理的模样，但它终于接受套上狗链了。

流小浪回头看了我一眼，好像在说："谢谢你的照顾啦，我要带可可去玩了。"

然后绳子突然就断了，它俩越跑越远，我追赶不上，直至它们消失不见，醒来后我笑自己多愁善感，狗怎么可能会托梦呢？刚要起身，给流小浪买的球，竟从兜里掉了出来。

我知道，那条叫流小浪的狗，再也回不来了……

//

有缘无分
有一个人，无论多么想念……
都不会再见面了。
No longer
to see you

周三姑娘

有些遗憾和错过就像是注定的一样，
在某一个特定的时空里，它已经有一个结果了，
哪怕多年以后你想重写结局，也是不可能的事了。

其实我很早就认识周三姑娘，只是时间早得让我觉得有些不可思议，初中的时候就已经听说她，那会儿她是转校生，对于一个 80 年代的中学来说，新来了一个转校生，基本小半天的时间全校就都知道了。

我也曾跟风随着班级的男生跑去偷看，她班级的门虚掩着，我清楚地记得她坐在第二排的中间位置，留着披肩长发，就那时候的审美而言，她尤为天人。

同龄的女同学不是留着一个小马尾，就是梳着两条辫子，已经形成审美疲劳，因为周三姑娘的到来，沉寂的校园好像一下子有了生机。

但是年少时的喜欢，大多掺杂着嬉闹，男孩本就比女孩成熟得晚，根本分不清喜欢和爱，他们会把心里所有的喜欢，变成嬉闹的借口。

因为很多男同学都喜欢周三，所以周三是被捉弄最多的那个，不是今天有人往她书包里放只蝴蝶，就是明天有人在她后面拽她的头发，但班级里若是有什么体力劳动，喜欢她的这些男同学又都抢着干活。

这让班里其他的女生很不满意，时间长了就有各种各样的传言，说什么周三跟校外的小混混好，还被人看见去过小旅馆，久而久之传言多了，假的也就成真的了，那些当初喜欢她的男同学，都觉得自己瞎了狗眼，都在背地里骂她。

人就是这样，对于得不到的感情都喜欢将它毁灭，即便是风华正茂的少年也不例外。后来周三就转学了，没人知道她转去了哪里，时间久了也没人再提起那个叫周三的姑娘，班里的男生又开始对别的女同学献殷勤，大家也都心照不宣地不再提起曾经传播过的谣言。

年少时候的喜欢像极了未开放的花朵，纯得都能掐出水来，但年少时候的嫉妒却也来得更纯粹，因为我们不在乎，因为那时太年轻，我们根本无从知晓自己的一句话，究竟可以给一个人带来怎样的伤害和后果。

等我后来再见到周三姑娘的时候，已经是大四了，寝室的兄弟们都有了女朋友，唯独我单身狗一枚，正好那天是我生日，兄弟几个说今天要好好给我庆祝一下，便打车直接去了三里屯的酒吧。

几个爷们在外面喝酒无非就是吹牛和聊姑娘，后来因为实在无聊，其中一个说要不打个电话，叫几个姑娘过来吧，一起热闹热闹，反正咱们请喝酒。

其他几个倒是极力赞成，好不容易有机会背着女朋友出来玩，早已经手舞足蹈了，也就二十多分钟，几个姑娘便都到了。

姑娘都是刘源叫来的，这小子人送外号夜店小王子，据说只要有他在的局，就不会缺姑娘，因为家里条件还不错，所以这种场合他早就习以为常，平时认识的姑娘多，也就不足为奇了。

来的几个姑娘里，我第一眼就看见了周三，她变化挺大，个子变得更高了，头发还是那么长，尤其是身材，性感得一塌糊涂，任何男人见了现在的周三，都会想入非非，至少那一瞬间我觉得，这姑娘如今长得可真风尘啊。

周三根本没认出我来，众人坐下之后随便说了几句，便开始侃大山，玩开了之后这些姑娘讲的段子简直比我这么多年听过的都多，尤其是那个周三姑娘，更像是聊斋里的老狐狸，根本就是手到擒来。

后来我们实在招架不住，就开始猜拳玩游戏，输的喝酒赢的接吻，不知道她是不想接吻还是只想喝醉，总是输。

最后喝得我实在看不下去了，抢过酒杯说：

“出来玩就图个高兴，没必要这么喝酒。”

“少废话，把酒给我拿来，你谁啊？”

“我是谁不重要，重要的是你再喝就醉了，谁送你回家？”

“回家？我哪儿还有家啊？”

朋友几个给我使了个眼色，我明白他们什么意思，现在周三喝醉了，我完全有机会把她带出去，虽然出于男人的本能，看着现在醉酒迷离的周三，我确实有些动心，但还是理性战胜了冲动。

“滚吧，你们以为我是你们呢？这姑娘我认识，我得送她回去。”

他们起哄，觉得我肯定说的假话，虽然现在想起来，这也的确像是一个拙劣的借口，但人生有很多事就是这样，即便你说了真话，别人也会误以为是假话，索性就别解释了，只要按照自己的意愿去做就行了。

当我把周三扶到外面的时候，她已经酒醒得差不多了，伴着朦胧的灯光，周三的脸越发好看，正当我看得入迷的时候，周三不知道什么时候醒了。

“看什么呢？想泡我啊？”

我真是第一次见一个姑娘这么大胆的，我这么多年的道行碰见她算是破了功了，但好歹我也是个爷们，总不能跌份啊。

“谁想泡你了，只不过看你眼熟而已。”

“看我眼熟的人多了，这话不新鲜了，咱能换个说法吗？”

“不就是第四中学的周三吗，初中转来的，没待半个学期就转走了。”

“哎呀，你还真认识我啊？可我怎么不认识你啊？”

“你当然不认识我了，当时我是趴门缝看你的。”

“原来你就是当年的那些无聊鬼中的一员。”

“还真不是，我看了一眼就走了，没兴趣。”

“在这儿能碰见家里人，真好。”

周三突如其来的安静，一下子让我不知所措，不知道该说什么，刚刚还和她处于神侃海聊阶段，她突然来这么一下，我还真有点儿接不住了。

我起身扶起她说：“走吧，他乡遇故人，送你回家。”

周三在后面紧紧地抓着我的手，有那么一瞬间，我突然觉得这姑娘就是我等了许久的女朋友，这种感觉前所未有地熟悉。

但转念一想，虽说曾经认识周三，但如今我对眼前这个姑娘的了解还不如一本书的序言多，谈何感情？再说她这样的姑娘，我还真有点儿不敢接。

想着这些有的没的，没多久就到了她住的地方，没想到离我住的地方不远。

周三说：“我就不邀请你上去了，屋里太乱，没收拾呢。”

“不着急啊，反正认了门，改天再来拜访就是了。”

正当我转身要走的时候，周三从后面追上来说：“有烟吗？我的落在酒吧了。”

我一摸兜，正好剩下半盒南京：“都给你吧，我留一根路上抽。”

“谢谢你啊，这么晚让你送我回来。”

“怎么着也算个老同学了，客气了，回见。”

回家之后我想了很久，对于周三这样的姑娘，自己究竟是觉得性感多一些，还是喜欢多一些。最后得出的结论是，其实都不是，我对她的感觉仍旧停留在过去。

自从周三知道我俩住得不远之后，便经常约我去她家里，加上原来是半个同窗更让她觉得在北京城遇见了亲人，一来二去还真有一种相互取暖的感觉了。

周三其实特能喝酒，那天在酒吧据她说是因为心情不好，所以才喝醉的，后来在她家喝了几次酒我才知道，她说的是真的，无论是白酒还是啤酒，在她那儿好像通通变成了水，一开始我还以自己酒量好自居，几次交锋之后，我便再也不说了。

周三什么都敢说，不知道是性格使然还是觉得跟我很熟，也许真是没把我当外人吧，竟然在一次聊天中说段子，我都没法儿接她的话。

那阵子学校没什么事儿，所以我总往周三那儿跑，陪她喝酒、侃大山，周三抽烟抽得厉害，一根接一根，好像心里有个窟窿需要堵住似的。

她问我感情怎么样，这么多年过得如何，每次跟她说自己的困惑，竟然都能被她一语破的，很多想不通的事儿，她一聊，竟然就通了。

会有人抢走你的烟，夺下你端起的酒杯，告诉你日子还长，捡起你破碎的心，牵着你的手奔向人海。

以前我一直以为她比我小，后来才知道她竟然还比我大两岁，因为我一直在学校，她早就进入社会，看问题的角度和处理事情的方式自然要比我成熟得多。

我发现周三姑娘对爱情的见解简直都可以写一本书了，幸亏她不是男人，要是男人这样火力全开，每次聊天都能把我聊得面红耳赤，我倒觉得我像个姑娘，她是个男人在撩我。

我发现她的右手无名指上，一直戴着一枚戒指，应该不是很贵重，非常简约普通的一枚戒指，从未见她摘下过。

虽然我跟周三姑娘说了很多我的事儿，我却从来没听过她提起自己的感情，每次我问起她的事儿，她都说无从说起，没什么可说的。

“到底怎么个无从说起呢？”

“我单身行不行？我没谈过恋爱行不行？”

周三不会说谎，她从来都是这样，有一说一，就连我去她家发现她有一堆衣服没洗，她都直接说：“还差两件脏的，到时候一起扔洗衣机里。”

“为什么不找一个？你这条件哪儿差啊？”我问。

“一言难尽。”周三用手指转了转戒指，便不再说话了，只是一个劲儿地抽烟。

我不知道她究竟隐藏了多少事儿，也无从知晓她在北京这么多年是如何过来的，毕竟每个人心里藏着的事儿，都是外人没办法知晓的。

她过生日那天，我约了很多朋友去给她过生日，其中就有寝室的兄弟，等他们一到饭店看见我旁边坐着的周三，就开始起哄："哎哟喂，这谁啊？这什么时候的事儿啊？怎么还瞒着兄弟们啊？"

周三倒也不在乎，用她的话说，在她眼里我们就是一堆屁孩子，别看上了个大学，其实根本就还没体会过社会的残酷，但她也羡慕我们，觉得和我们在一起不累，不用刻意隐藏什么，毕竟没有利益纠葛。

那天晚上我们都喝了很多酒，尤其是我，周三拦了我很多次，问我是不是抽风，我说："不是，今天你生日，我高兴还来不及呢。"

等人都散了，就剩下我俩的时候，周三说："走吧，跟我回家吧。"

我以为那晚会发生什么，至少依照周三的穿着和做事的风格，她应该会把我睡了，但事实证明我的确想多了。

周三把我带回她家之后，便把我扔在了床上，然后转身出门，一整晚再没回来过。等第二天早晨的时候，我起床后发现她已经回来了，桌子上有她刚买好的早餐。

我问："你昨晚去哪儿了？一晚上没回。"

"开房去啊，我家里就这一张床，有你了，我睡哪儿？"

"一起睡呗，我这么老实。"

"得了吧少年，我太了解你们男人了。"

有那么一瞬间，我真觉得我跟周三结婚了，我早晨刚刚起床，她准备好早饭，阳光从窗帘的缝隙穿过，把屋子照得暖暖的。

"周三，我喜欢你，做我女朋友吧？"

"别闹了，我把你当弟弟。"

"当弟弟你跟我聊得那么开？"

"哦？那是我错了，以后不聊了，穿衣服，滚蛋。"

我又一次估计错了，我以为周三会喜欢我，至少对我会有好感，但我没想到她压根就没往那儿想，可她明明没有男朋友。

总之这件事之后，周三很久没再找过我，我也不好意思再找她，又临近毕业，还要写毕业论文，更忙得没时间想其他事情。

后来我很顺利地进入了一家公司实习，也算是终于能在北京养活自己了，公司年底安排体检，去医院检查完之后，竟然碰见刚从妇产科出来的周三。

半年多没见，周三瘦了很多，身旁没人，看得出来她很憔悴。当我走过去扶住她的时候，我才看清她手上的单子：人流。

“谁的？他人呢？”

“没谁，我自己的。”

“放屁，你自己整出来的？”

“谁的跟你也没关系。”

“管他是谁的，先送你回家。”

随后我打了车，送周三回家，一路上周三没说一句话，等到了她家，把她扶上床之后，我便转身走了，我觉得那时候多说一句都没用。

从周三家里出来心口一直疼得厉害，不知道是因为生气，还是心疼她，总之就是各种复杂的感情交织在一起，之前寝室的人还跟我说：“周三这样的姑娘玩玩就算了，千万别动感情，你以为她在北京是干吗的？”

为此我还跟寝室的同学打了一架，至少在我心里，周三再怎么放荡，也不至于是他们口中的那个样子，这就像当年学校里的传言一样，得不到的都想毁灭。

一个星期之后，周三给我打电话，让我到之前经常去的酒吧见面。

见了面我直接说：“做我女朋友。”

“不行。”

“为什么不行？你单身啊。”

“我有人，跟一大叔。”

“人家有家庭？”

“对。”

“你还真是个婊子。”

“对，你满意了？”

“那孩子是他的？”

“对，第二个了。”

“你真行。”

“走好，不送。”

自那晚之后，我们便再无联系。

这些竟已是三年前的事了，时间真是好不经用。

毕业后换了几份工作，如今在一家金融公司做理财经理，在一次合作会上，竟然看见周三坐在台上，样貌没怎么变，还如从前那般漂亮，只是举手投足之间，多了一分稳重和知性。

散会之后，周三看见了我，走过来说了好多话，问我晚上有没有时间一起吃个饭，分隔三年，能在这儿碰见也是不易。

晚上吃饭的时候，我才发现周三姑娘已经变了，她早已经不是那个经常泡吧的姑娘了，举手投足成熟大方，和以前简直判若两人。

那次吃饭，我和周三都没再提当年的事，全是回忆过去在一起的美好，医院那次相逢，以至于后来的彻底失联，谁都未再提起，但周三还是先开口了："那天，对不起。"

"是我对不起。"

"你现在还想让我做你女朋友吗？"

"早都不想了，那会儿年轻不懂事。"

"嫌我脏了？"

"真不是，谈不上多爱，可能还是冲动吧。"

周三端起酒杯，抿了一口酒，我注意到她手上的戒指已经没了。

"和那个人后来怎么样了？"

"分了，三年前就分了。"

"因为什么？"

"还能因为什么？自己长大了想明白了呗，人家只把我当个玩物，我却以为那是爱情，说来也可笑啊，跟我分手之后没多久，他媳妇也出轨了，真逗。"

原来周三18岁的时候父母就离婚了，自己一个人跑到外地上学，被这个到这座城市出差的男人看见了，请周三吃了一顿饭，给她买了很多衣服，从小就没怎么体会到父爱的周三，以为那就是爱情。

打掉第一个孩子的时候，周三才知道，这男人的儿子都上初中了，她也想过离开，但她在北京所有的开销都是那个男人给的，她没有一技之长，离开他也许在北京活不过一个月。

那男人从来都是对她说和她在一起是因为爱情，其实在对方眼里，周三不过是一个年轻漂亮的姑娘，可以任由他排解寂寞，周三以为那是爱情，其实她只是对方的玩物而已。直到周三打掉第二个孩子之后，她才彻底明白，这个男人永远不会离婚，也永远不会娶她，如果她还是割舍不下，只能一辈子依赖这个男人，当一辈子见不得光的小三，周三从房子里搬了出来，把从前所有的包和首饰都卖了。

她在一个地方租了房子，报了夜大，然后用三年时间从公司杂工做到如今的位置，她说年轻时犯的错误，是不能被原谅的，所以从那以后她没靠过任何一个男人，哪怕自己已经扛不下去了，也只能靠自己。

“你当年可真傻啊！”

“谁说不是呢，但对于一个从未涉世的小姑娘来说，一个大叔所有的话都像圣旨一样无法反驳，更何况当年我还那么爱他。”

“所以你再也没有恋爱过？如果之前算的话。”

“没有，那是我的初恋，也是我一辈子的耻辱，我可能不会恋爱了，或者说我已经厌烦了恋爱，就像如今，我已经不指望自己再爱上谁了。”

“但你没必要糟践自己。”

“那会儿能干吗？想逃离，逃不掉，只能没命似的喝酒抽烟，对了，烟我已经戒了，酒偶尔喝点儿，想不到吧？”

“就你那烟瘾，真是不容易。”

“是啊，和烟瘾比起来，情伤更难戒，我不也戒掉了吗？”

周三连喝了三杯酒，然后开始掉眼泪，眼泪像断了线的珠子，大颗大颗往下掉。我从未料到如今已如此坚强的周三，提起往事竟然会哭成这个样子，足以证明那件事伤她有多深。

她曾经那么无望地爱着那个人，把自己所有能够给的，全都给了，却仍然得不到自己想要的结果，我其实挺心疼眼前这个姑娘的。

周三从很小声地哭泣，到号啕大哭，饭店的很多客人都往这儿看，还有几个人笑嘻嘻地窃窃私语，人就是这样，你永远无法知晓别人的痛苦，这个人在这里痛不欲生，在外人眼里也不过是一出滑稽的演出。

所以人不要奢求别人的感同身受，世界上本就没有感同身受这种事，所有的安慰不过是道德层面的关心，你的伤口最后还得自己愈合。

那天晚上我跟周三说了很多话，从初中转学到我们学校，一直到她后来转走，还有她遇见的人，我遇见的人，感觉把半辈子的话都说完了。

周三后来说，那时候我追她，她心里知道。但她不能害了我，她觉得自己那时候不干净，而我还是一个没毕业的大学生，她不想在我还没建立好世界观的时候，就先帮我把世界毁灭。

我知道她是个好姑娘，她从来都不是那个人人憎恨的小三，也不是人尽可夫的女人，她只是一个在爱情路上爱错了人的傻姑娘而已。

后来的一段日子里，我和周三好像又回到了从前，没事的时候一起泡酒吧、侃大山，偶尔也去北京的周边爬爬山，周末的时候就去后海听听歌，日子过得平淡如水，我们两个人绝口不提爱情。

后来周三把工作辞了，决定出国，我没问她原因，因为我相信这一定是她经过深思熟虑的结果，我只问去哪个国家，什么时候回来。

送她去机场的路上，周三一直紧紧地攥着我的手，一路上我们没说一句话，只觉得离别近在眼前，说什么也是枉然。

嘈杂的机场大厅，往来的人流，就像三流的偶像剧一样，我跟周三站在大厅的某一个角落互相看着对方。

“什么时候回来？”

“你想我的时候我就回来。”

“别闹，去那边照顾好自己，碰见合适的，交个朋友吧。”

“哪儿那么好找啊，找不到怎么办？”

“那就回来找我。”

周三笑得花枝乱颤，一双眼睛笑成一对月牙。

"走了，别想我。"

"嗯。"

周三两年后回的国，那时我已经有了女朋友，其实一开始我就知道我跟周三没可能的，后来也没有，这种感情充其量就算彼此知根知底，但是还没到那个份儿上。周三回来那天，我跟女朋友一起去接的机。

当时女朋友在咖啡厅等我，我一个人在接机口等周三出来，半个小时后周三背着一个小包走了出来，跑过来给我一个拥抱，她居然又瘦了。

"找到如意郎君了吗？"

周三晃了晃空无一物的手，咧嘴笑了笑。我知道她仍旧没放下，仍旧走不出自己的过往，那个人也许这辈子都会扎在她心里，让她难以重见天日。

"还放不下吗？"

"死了，就放下了。"

"以后的路怎么走？"

"该怎么走就怎么走呗，走遍祖国的大好河山，看遍俊男美女。"

周三笑嘻嘻地说着这些话，我看着她，心里很难过，但又无话可说。

周三在国内待了一个星期便又起程了，去机场送她的时候，她背对着我，我时常想，如果我早几年遇见她，如今的结局会不会就不同。

但人生没有如果，周三站在进站口看着我静静地流泪，我在安全线这边跟她挥手，她曾说过，人在离别的时候，是说不出太多话的，只能静静地看着对方，我曾问过她："对我有没有过一丝喜欢？"

周三没有回答，后来她给我发信息说："有，你拦我喝酒那天就有。"

我没再回信息，有些遗憾和错过就像是注定的一样，在某一个特定的时空里，它已经有一个结果了，哪怕多年以后你想重写结局，也是不可能的事了。

远处的周三已经背起行李准备进去了，那场景就像我第一次看见她时的样子，披肩长发，在所有人的衬托下，显得那么亭亭玉立，就在她转身的一瞬间，我对她喊："找个好人，嫁了吧。"

周三没回头，背对着我摆了摆手，比了一个 YES。

至此，周三再未回国，我们也断了联系，再没见过……

//

惆怅年华。
最好的分别，就是没有说再见就离开
Melancholy years
……

阿峰

我知道，阿峰永远都会活在我的记忆里，

只要还有夏天，只要我还活着，

记忆里的阿峰就永远那么年轻，那么轻狂，并且永远那么热血。

1

行走在城市的街道上，我觉得每个人都是一颗种子，都不属于这里，它们属于远方，在某一天被不知名的风，吹散，落在这里，然后生根发芽。

我们每个人的一生，都是一个在远离的过程，远离故土，远离亲人。从开始的刹那，就像宇宙的初始，一切那么美好，但都会越来越远，走得急了，就不记得经历过的事了。

记忆通常被形容成碎片，因为当我们回忆曾经的时候，发现一连串的事已经记不得了，比如某一天的下午，你穿了什么颜色的衣服，是一种什么样的心情，天气如何，要去哪里，要做什么。除非特定的事、特定的人，会在你的脑子里留下烙痕，其他的，都会随风而逝。

曾有人说过，当你开始回忆时，你就已经变老了。年轻人，是没时间停下来回忆的。新鲜的事太多了，今天的还没消化，明天的又来了，事实确实如此，但每个人生命里都会有那么几段回忆，像旧电影一样回闪。

任凭你如何想忘记，它们都会在每一次回闪中让你加深印象。

阿峰，原名许峰，年少时是我唯一的偶像。如果说那时候有个人崇拜这种事，我一定是他的脑残粉，对于一个刚刚上初中的小屁孩来说，大我十岁的阿峰，无疑是我精神世界里的骑士。

在小学升中学这段假期，我第一次了解阿峰。那时候还住在胡同里，阿峰家是最里面的一家，我们两家之间隔着几户人家。平日里家长都不让我们这些孩子跟阿峰一起玩，说阿峰是个混子，没好前途，别学坏了。

我当时并不理解什么是好前途，只是觉得上学太烦，想玩，又不敢。可阿峰和我们不一样，那会儿他就不念书了，每天穿着花花绿绿的衣服出去玩。我记得有好几次，我蹲在门口吃饭，他走过来看着我，轻轻地笑一下，那时候我就觉得阿峰并不像他们说的那样坏。

我真正认识阿峰是因为刚刚学会骑自行车，还不是很熟练，不小心摔倒在地，正好阿峰路过，他走过来，挪走自行车后扶我起来，告诉我自行车不是这么骑的，说完还给我演示了几次。当时我还是不敢骑，阿峰说他在后面扶着车，让我尽管骑。

经过阿峰的点拨，我骑自行车的技术已经是胡同里同龄孩子中最好的了。从那时起，我就在心里把阿峰当作大哥来看了，因为计划生育，自己是家里的独苗，能有个哥哥罩着也是挺美的。

我就三天两头往阿峰家跑，他让我干吗我就干吗，给他买烟，给他买酒，他女朋友来我给他看门。一段日子下来，阿峰跟我说：“以后有什么事，提我阿峰的名字就行了，就说你是我弟。”

那段日子的确是我年少时光里，仅有的一个闪光点，对于一个刚上初一的小孩来说，能有一个在镇子里混得开的哥哥，是无比荣耀的，那简直比考试及格还过瘾。

2

班里的男孩儿慢慢知道了我哥是阿峰，都有意无意地跟我走得近了些，无事献殷勤，天热给我买雪糕，天凉给我打开水，俨然把我当大哥。但年少的我并不知道，混子们还有帮派一说，如果说阿峰是 A 派系，那么就一定有一个 B 派系。

起初我并不知道阿峰混得多牛，也不知道他是干吗的，就知道他是混子，外面的人都这么叫他。他也不反驳，好像天生就是一副混子样，经常见他叼着烟光着膀子溜达，但我也见过他好的一面，比如他喜欢看书。

后来 B 派系里一个混子的弟弟也来我们学校了，刚刚转学来的。听闻我是 A 派系阿峰的弟弟，晚上放学时，便将我堵在了学校厕所的后面，他的几个跟班把我打了，并指着我说，以后学校只有他一个老大。

我回家后，父母知道我跟人打架，没问什么原因，便又把我打了一顿。虽然不疼，但那时候我知道了，无论对错，打架总是不能输的，不然很有可能会是双倍的。

我被人打的事，阿峰知道了，问我为什么没跟他说，我说我不想当老大，让那个家伙当就好了。阿峰没说话，用手揉了揉我瘀青的脸，抽根烟就走了。

后来好长时间都不见阿峰，阿峰像人间蒸发了一样。放学回家后听我妈说，阿峰在外面跟人家打架，把人家脑袋敲破了，现在还在医院呢，生死不明。

我并未在意，因为阿峰总是消失不见，我坐在墙头吃雪糕的时候，上一秒还和我聊天的阿峰，下一秒就会消失，以至于我时常觉得，很多时候都是我在自言自语，他并没有在。我记得阿峰跟我说得最多的话就是："弟儿，我以后是要干大事的人，不会一直在这个镇的。"

"那你去哪儿？"

"反正是要出去的，肯定不是这里。"

"你出去干啥？"

"不知道，反正是干大事。"

"哦。"

两个星期后，仍然不见阿峰，我才知道，阿峰跑路了，因为他把人家脑袋打开瓢了，虽然没死，但好像也挺严重。有一天放学后，之前B派系混子的弟弟、打我的那小子找我了，见面第一句就是“上次是我错了，这儿的老大还是你”，我说我不想当老大，但以后我不会让任何人再打我的头了。

说完我就捡起地上的东西拍了他，拍完我就跑了，没敢回头看，我不知道哪儿来的勇气和力量，但我的的确确拍了他。可第二天上学，没人找我，学校没找，老师也没找，被我拍的那小子也人间蒸发了，后来才知道他转学了。

而之前被阿峰敲破脑袋躺在医院的人，就是B派系那个混子，也就是被我拍的那小子的哥哥。

就这样，他哥哥被我哥哥阿峰拍了，他又被我拍了。从此在那个中学，我开始扬名，没人敢再惹我，也没人把我堵在厕所后面了。

3

阿峰在外面躲了三个多月后回来了，人更瘦了，头发变长了，而且染了色。在我们镇子，阿峰应该是第一个染头发的男人吧，紫色，现在想想，特别非主流、杀马特，可那时候真觉得帅啊，帅得没有理由。

家里赔了那小子四千块钱，阿峰妈差点被气死，阿峰回来后非要打断他的腿。但当阿峰从包里拿出一万块钱的时候，阿峰妈就开始夸自己儿子有能力了，才出去三个月就赚了一万块钱。

在一个小镇子上的人看来，阿峰已经算是成功人士了。我仍然跟在阿峰身后跑，只要放假只要有时间，阿峰也乐意带着我，给我介绍他的那些兄弟姐妹，虽然他们都觉得我是个小孩，但我看他们更像是一群醉生梦死的老鼠，而阿峰不一样，阿峰有理想，他们没有。

第一次喝酒，第一次抽烟，第一次去台球厅，第一次去录像厅，都是阿峰带着我去的。虽然在外人看来，我已经变成所谓的坏孩子了，但我知道，我只是比别人早接触这些罢了。

阿峰买了一辆摩托车，白色的，是那种很宽很长的摩托车，那时候都叫它“大船”。阿峰经常带着我出去兜风，最猛的是，这摩托车可以外放音乐，有一种随风奔跑自由是方向的感觉。

那时候我喜欢这样的感觉，觉得这就是我该有的生活，阿峰成了我生活里唯一的精神信仰。阿峰做成了一件大事，就是把A派系和B派系合为一体了，过程我没参与，但听他们说，阿峰请了两个派系的所有人，每人敬一杯酒，等敬完酒阿峰直接栽倒在地。两派的人看阿峰这么讲义气，便握手言和了，开始称兄道弟地喝酒。阿峰也成为镇子上有史以来统一两个帮派的大哥，虽然现在看来，不过是几十个小混混间的趣事，但对于年少的我来说，冲击力却是巨大的，我好像找到了理想，找到了以后的目标。

七月的一天，燥热的天气，我蹲在墙根吃雪糕，阿峰骑摩托车过来对我说："走啊，带你玩去。"

"去哪儿？我家里没人，我妈让我看家。"

"锁门不就完了，走。"

"嗯。"

阿峰带我去了鱼塘，他把鱼竿远远地甩出去，然后躺在了草地上，帽子遮住了他的半个脸，消瘦的脸颊渗着汗水，突然鱼就上钩了，他猛地坐起来收回渔线，是一条很大的鱼，阿峰说："我请你吃烤鱼吧。"

找来木头，点了火，阿峰用木棍串好鱼，慢慢地烤了起来，我盯着烤鱼独自说着："我长大了也想像阿峰哥一样，做大哥。"

阿峰抬头看了我一眼，笑了笑说："弟儿，别傻了，你不能像我一样，你就好好学习上大学，别的什么也别想。"

"可是你都不念书了，凭什么让我念？"

"不是不想，是没办法，现在说了你也不懂，反正别混日子就行了。"

"那就等我能懂的时候，你再告诉我。"

"好，不过下个月我又要走了，去南方。"

"去干吗？"

“赚钱啊，给我妈好生活，让她高兴。”

4

阿峰又走了，他说是去南方，但我不知道那是一个怎样的城市，只是听他们说，阿峰在做大买卖，赚了很多钱。

每个月阿峰都会给她妈汇来很多钱，一万两万都是常有的事，后来阿峰家就搬走了。走之前阿峰妈请邻居到饭店吃饭，说十几年的老邻居走了舍不得，儿子想让自己享福，没办法，邻居们都说阿峰妈教出了个好儿子，孝顺还懂事。

邻居们都像得了健忘症一样，几年前他们还说阿峰是个坏孩子，是个混子，没有好前途，可今天就成了好儿子。看来只要赚钱，就是好儿子，有好前途，当时我就是这么想的。

年底，阿峰开着车回来，是一辆黑色的小轿车，他请老邻居们吃饭，我们都围着轿车看，觉得阿峰真是发达了，再也不是当年的小混混了。阿峰还带回来一个女朋友，穿得很少，头发烫着卷，管阿峰妈叫阿姨，声音特别好听，阿峰妈乐得合不拢嘴，说抓紧结婚，好让她抱孙子，阿峰就是赔笑。

我趁着空隙，找到阿峰，拽他的衣服。

“阿峰哥，阿峰哥，你回来了，什么时候再带我去钓鱼啊？”

“哟，这不是弟儿吗，峰哥回来得急，没时间带你去了，来，给你压岁钱。”

我低头看，五百块钱，我妈急忙推托不要，阿峰执意要给，说是给弟弟的钱，家里人就别掺和了，他这么一说我妈便不再推托了，那是我有生以来第一次拿到这么一笔巨款，还没想着怎么花，晚上回去的时候，就被我妈拿走了，说替我保管。

我没跟阿峰说上几句话，因为我知道，我在他眼里仍然是个小孩，他已经是奔三十的人了。后来我告诉他，我上初四了，学习一般，但好歹能上个大学。自从他走后 A 派系和 B 派系又打起来了。

对于这些，阿峰只是一笑而过，像是听别人的闲话一样，从那个时候我才明白，阿峰已经不是从前的那个阿峰哥了，他早就看不起曾经的人和事了，他现在想要的，不是我说的那些。

阿峰那次回来，算是衣锦还乡了，给阿峰妈长足了面子，背地里人们都说，谁也想不到啊，曾经那么一个浑小子，能有今天这发展，真是想不到啊。

我没跟他们说，阿峰是个有理想的人，我很早就知道了。我像是知道了一个不得了的秘密的孩子，独自保守着阿峰曾经对我说过的话，好像一旦被别人知道了，就是对阿峰的背叛。

遇见你很高兴，可过往并不美好，以后的日子里，希望你也珍重，你是骏马是自由，永远别回头。

现在他们越是觉得阿峰了不起，我越是鄙视他们，因为他们总是目光短浅。

阿峰走后再没有一点消息，从开始的几个月，到后来的半年、一年都是如此。阿峰妈后来基本上每天都回老邻居这边哭诉，说儿子是不是在外面死了，还是出了什么意外，怎么这么长时间不跟家里联系啊。邻居们都劝她要想开点，阿峰那孩子不会出意外的，多精多灵的人啊，肯定是太忙了。

在我高二的时候，阿峰才回来，那距他上一次回来，已经整整过去了两年时间。

5

阿峰很落魄地回来了，没开车，没带女朋友，听他们说是一路坐火车逃票回来的。我想去阿峰家看阿峰，我妈不让，说是不好去说什么，我也就算了。

原来阿峰在南方是做医疗器材买卖的，因为后来出了几起事故，责任人都跑了，账全算在他头上了，赔了全部的身家不说，还欠了很多钱，最后实在没办法了，才回来的。

我还是背着我妈去了阿峰家，一进门我就看见阿峰坐在客厅抽烟，样子沧桑了很多，比以前更瘦了，但眼睛还是那么明亮。

他望着我看了半天，才回过神来：“这不是那谁家的孩子吗，快来，进屋坐，现在上几年级了？学习好不好啊？”

阿峰不再叫我“弟儿”了，我知道他已经忘了许多年前跟一个小屁孩说的话了，现在我们除了是邻里关系，再也没有其他的共同记忆了，只剩下寒暄和尴尬的沉默。

走的时候，我跟阿峰说：“阿峰哥，那天下午你做的烤鱼特别好吃。”

他抬头看着我说：“什么时候的事？”

我没再说话，他果然不记得了。我说不清是什么心情，我只知道，我年少时的信仰和依靠轰然倒塌，那种感觉就像被人当头一棒，告诉你你已经长大了，别再想什么幼稚的不靠谱的理想了，要脚踏实地了。

从那天以后，阿峰便从我现有的记忆里消失了，他只是我曾经的一个故友、一个相识的人罢了，而记忆里那个轻狂年少的阿峰，仍然活着。

后来，阿峰没待多久就又去了南方，说要重新再来、东山再起，但很久都没有什么消息，阿峰妈也越来越老了，身体也大不如前，她只想有个儿子能在身边，但阿峰像是飘惯了的树叶一样，再也停不下来了。

半年之后，阿峰有信儿了，是警察带回来的，说阿峰吸毒抢劫，被判刑了，两年六个月，人在广州关着呢。阿峰妈晕过去好几次，觉得自己儿子不会这样的，一定是警察搞错了，后来警察拿出照片，铁窗后面坐着的就是阿峰。

阿峰妈受了刺激，那两年一直疯疯癫癫的，逢人就说："我儿子是被冤枉的，是被陷害的，我儿子可孝顺了，每个月给我汇钱花，还给我找了一个儿媳妇。"

邻居再凑在一起的时候，每次提到阿峰，都像是预料中的一样，说："阿峰从小就是个混子，走不了正道，迟早得出事，看现在好了吧，进监狱了，真是从小看到大啊，啧啧。"

就这样，阿峰从一个混子变成了孝子，再从孝子变成了混子，而且是彻头彻尾的混子。

两年之后，阿峰才被放出来，他回来的那天，是当地警方送回来的，说是腿脚不是特别灵便了，三十多岁就落得如此下场。阿峰妈见儿子回来，精神好了许多，每天就是照顾阿峰陪阿峰说话，可阿峰自从回来以后，就不怎么说话了，没人知道为什么。

也许是这几年受的苦太多，也许是觉得没什么脸说，反正阿峰像是变成了一个哑巴。

6

在我离开家乡很多年以后，和父母的一次通话中才知道，阿峰两年前就死了。

阿峰的腿能走路后，可能是不甘寂寞，不想就这么荒废了，坐着火车又出去打拼了，他始终觉得家乡不能给他想要的，可没想到，在火车上他碰见了当年被他打住院的那个人的弟弟，也就是我曾经拍过的那小子。

原来他哥当年被阿峰拍成了植物人，再也没起来，阿峰家赔了钱，但杯水车薪。他们一家人为了治病，这么多年一直在外面求医，日子也过得不好。

这小子见阿峰一个人，而且看着也不像当年那样健硕了，二话没说，就对阿峰拳打脚踢。阿峰就这样死了，死在了去南方的列车上，骨灰送回来的时候，阿峰妈也晕了过去。

我后来才知道，阿峰妈在阿峰很小的时候，就跟他爸离婚了，他爸在外面找了别的女人，阿峰一直是阿峰妈带着生活的。因为他爸不给生活费，阿峰妈只能靠给别人做保洁赚几百块钱，根本供不起阿峰上学，阿峰原来成绩也很好，突然有一天就不念了，说是学不进去。

从此阿峰开始街头混子生涯，好像没人觉得有什么不妥，好像阿峰从生下来就是个混子一样。生活就是如此，我们永远只能看见表面，而那些内在的，在皮肤下流动的东西，反而没人关注。

阿峰就这样死了，被许多年前的自己杀了，这或许也跟我有关，一段悸动的青春和一个注定的结局。我觉得阿峰永远活着，因为街上仍然有许多混子，每个人身上都有他的影子。而在许多年以后，我也终于明白了那天下午他想说而未说出的话。

阿峰想给他妈好的生活，他想向所有人证明，他作为他妈的儿子，没让她失望，虽然他的经历常常被人用来当作教育孩子的案例，但我知道，在当年的某一时刻，阿峰妈是自豪的，因为阿峰给了她常人很难给予的自豪。

我知道，阿峰永远都会活在我的记忆里，只要还有夏天，只要我还活着，记忆里的阿峰就永远那么年轻，那么轻狂，并且永远那么热血。

每到夏日，午睡后的我经常会感到恍惚，好像当年的那个阿峰又骑着摩托车过来了。

他跟我说："弟儿，走哈，哥带你玩去。"

又好像说："弟儿，莫怕，有哥在。"

我 有 一 杯 酒 ， 可 以 慰 风 尘

从此
我们各安天涯
好不好?
如果你不懂我的沉默
你也永远不会明白我说的话语
If you don't understand my silence, you will never understand my words.

春暖

人和人就是这样，曾经在同一个地方生活，就算是同一个时空里的人，这里发生什么事儿都是一条线上的，一旦对方离开你，去另一个地方生活，那么原本的时空就会被打破，曾经的那条线就怎么都接不上了。

有些喜欢就像在春天里撒下的一颗种子，经过雨水，经过阳光，经过时间，最后变成一株好看的花儿，虽然它看起来弱不禁风，但再大的风，也吹不散它的花瓣。

1

这世上有很多感情，是没办法如愿以偿的，那些最后能够在一起的感情，都值得珍惜。

生活之所以残酷是因为它的直白，它没有任何遮掩，也没有任何善心，好像所有的痛苦都与它无关，它只负责把苦难带给你。

彤影是我在小学时就认识的一个姑娘，她大我几届，住得离我也不远，因为胡同里的孩子大多玩得熟悉，就连比自己大一些的哥哥姐姐也都认识我，每次她骑自行车经过我身边的时候，都会停下来摸摸我的脑袋说："你咋就知道玩呢？作业写了没啊？"

"才不要你管，你又不是老师。"

那时我才八岁，彤影已经十四岁，我只记得那时候她长得特别好看，像一个水蜜桃一样，脸蛋粉粉的，眼睛也特别大，每次看见她都会想，将来找媳妇，就得找她这样的。

不知道是男孩子天生就喜欢跟漂亮姑娘玩，还是我太早熟，每次彤影过来找我的时候，我都开心得要命，后来才明白，因为我没有兄弟姐妹，突然有一个姐姐，自然是开心得不行。

那时候彤影班级里流行集邮，恰好因为父亲那时要邮寄很多刊物，往来的信件比较多，我就自告奋勇地跟她说："我家里有很多邮票，你要不要？"

"真的啊？那先谢谢你啦，小弟弟。"

然后我开开心心地回家翻信封、找邮票，每一张都撕得小心翼翼，生怕把邮票弄坏了，记得那是一百多封信件，我足足撕了一个小时，可后来当我把邮票交到她手上的时候，她先是高兴，然后就是大笑。

"你太可爱了，集邮要集没用过的邮票呀，你手里的这些都是盖过章的，没意义啦。"

"那怎么办？要不我去给你买一些新的吧？"

"不用啦，心意姐姐领了，也是辛苦你了，走，给你买好吃的去。"

我对彤影的记忆也仅仅停留在这里，第二天我没见到她，第三天也没见到她，后来实在忍不住问了父母才知道，在我给她邮票的第二天，她就转学了。

因为听说另一所学校的教学质量更好，为了她能考一个好的高中和大学，全家都搬去另一个城市了。那时候我竟无缘无故地生了好几天的气，生气她为什么临走之前不告诉我，为什么突然就走，也不和我告别。

长大之后才想明白，那时候的我在彤影眼里不过是一个小屁孩，我根本还没重要到她需要告诉我她下一步要去哪里，但就因为这件事，甚至整个童年我都在怪她。

自从彤影搬走之后，我再未见过她，甚至我高中毕业之后都没有，我一度认为这个在我童年时期出现过的姑娘，我这辈子都不会再见到了。

2

可人和人就是这样，在你以为再也遇不见的时候，这个人凭空出现，就这么直观地站在你面前，你曾经想过的寒暄和问好，在那一瞬间都变得无影无踪，你只能拘谨又欣喜地和对方点个头。

和彤影再一次遇见是在一个朋友的婚礼上，而这个朋友的父母恰好是彤影父母的朋友，在婚礼现场，我基本没怎么关注婚礼动态，只是一直盯着远处的一个姑娘出神，觉得她太像我曾经认识的人了，但又不敢确定，直到婚礼结束也没能搭上话。

后来朋友过来敬酒，我问朋友远处的姑娘叫啥，朋友说了名字，这才确定她就是当年不告而别的彤影。我端起酒杯走过去，在我即将走到她身边的时候，她突然回头看着我，目光停留了片刻，然后笑了。

“请问你是叫彤影吗？”我先开口问道。

“是啊，你是？”彤影笑着看向我。

“你还记得当年有个送你邮票的男孩吗？”

“啊？！是你啊，你要是不说我真是认不出来了。”彤影笑着拉住我的手。

那时我才发觉，时间已过去了整整20年，眼前的彤影已三十多岁，她的模样看起来并没有被岁月摧残多少，除去眼角有一些细纹之外，更有着这个年龄特有的魅力。

参加完婚礼后，彤影说：“正好回来这几天没什么事儿，跟你这弟弟好好叙叙旧吧。”

“行啊，这么多年没见了，还真有一肚子的话想问你呢。”

人和人就是这样，曾经在同一个地方生活，就算是同一个时空里的人，这里发生什么事儿都是一条线上的，一旦对方离开你，去另一个地方生活，那么原本的时空就会被打破，曾经的那条线就怎么都接不上了，很多人都会有这样的感觉，和老友相逢总是有很多话想问，为的就是把曾经断了的线接上。

晚上八点左右，彤影打来电话问我是否方便，我告诉她一个地址，随后便打车过去了。她早我一步到的酒吧，那天晚上的她不同于婚礼的时候，婚礼时还上了妆，可在这昏暗的酒吧里，她却素面朝天。

彤影的底子还是好，三十多岁的女人，几乎看不见岁月的痕迹，说她二十几岁也会有人信的。

我说："你是不是吃了什么灵丹妙药？我比你小很多，跟你坐在一起都觉得自己太老了。"

彤影笑着说："别闹了，都中年人了好不好？你怎么样啊，成家了没？"

"你看我像成家了的样子吗？"我耸耸肩，无奈地说。

"甭着急，爱情这事儿，得碰，不能找。"

"哟，听你的意思，你有经验啊，这么多年没少碰见爱情吧？"

"碰见一次，就成了。"

"怎么个成法？结婚了？见家长了？"

"比那个复杂多了，你想听？"彤影盯着我说。

"特想，方便说吗？"我一脸真诚的样子。

"那我就从头说了，故事可能有点儿长，但应该区别于你见过的所有爱情，不管我说到哪儿都别问为什么，最后我会给你一个满意的答案。”彤影特严肃地说。

我点头，端起酒杯和彤影碰了一下说：“时间还早，酒也够，你慢慢说。”

3

当年我转学去另一个城市的时候，其实我是不想去的，我觉得只要自己肯认真学，在哪儿都一样，但我父母不这样认为，他们觉得只要是好学校，教出来的就一定是好学生。

对于一个已经在原有的圈子里生活许久的人来说，突然来到一个全新的地方，那简直就是一种煎熬，班里的学生也的确如传说中那样，每个都是尖子生，学习起来简直不要命。

虽然我在原来学校的成绩还算不错，但突然来到这样的班级，我学习起来也相当吃力，每天穿行在学校和家之间，唯一不同的是家离学校太远，没办法骑自行车，只能每天坐公交上学。

也就是在那个时候，我遇见了一个人。我每天都能在同一辆公交车上碰见一个男生，他穿着洗得发白的校服，每次我看见他的时候，他都特别沉默地站在一个角落里，他长得特别好看，个子很高，长长的睫毛，我从未觉得一个男生会有多漂亮，但见到他之后我才明白“帅”这个词的含义。

那时候每天六点半我都必须挤上公交，而每天都能在公交车上看见他，同样的时间，同样的地点。也许因为我住得实在太偏僻，公交车上穿着校服的，只有我们俩。

但我知道，他并不是我们学校的，因为他的校服和我的有很大的不同，中间有好多次我们都互相看见了对方，就在我脸红打算低下头的时候，他竟然冲我笑了笑。

少女怀春大概就是这个意思吧，在后来很长的一段时间里我都觉得，也许就是他的那个笑容，让我觉得他很特别，他的笑容就像一颗种子埋在我心里，不知不觉间，就开始发芽生长，直到把喜欢结成果子，送给他。

其实有好几次他就站在我旁边，我闻到他身上的味道，很好闻，总之那时候喜欢一个人大概就觉得他什么都好吧，他每次都看看我，然后笑一笑，不说话。作为女生我也不知道第一句该说什么，只能回一个淡淡的微笑。

直到那天的一个意外，那天妈妈在我书包里放了几百块钱，是补习班的学费，我因为疏忽书包没有拉严，就被一个小偷盯上了。钱被拿出来的时候我浑然不觉，车上那么多乘客，只有他跑过来抓住那个人的手。

我看得出来他有些害怕，身上的汗浸透了短袖，可他仍旧盯着那个人，紧紧抓住对方，我大声喊："抓小偷啊，抓小偷啊。"这才有几个乘客出面，按住小偷，等公交车开到公安局的时候，他已经浑身都湿透了。

我走过去把手绢递给他，我说："谢谢你啊，你可真厉害。"他仍旧回头看着我，然后笑了笑。等到了公安局，要做笔录时，他竟转身要走，警察拦住他说："要做完笔录才可以走，再说你这是见义勇为，回头还要到你学校表扬表扬你呢。"

他连忙摆手，一副很着急的样子，只见他从书包里拿出一个证件，打开后，那上面的几个字刺得我眼睛生疼，上面写着"聋哑人证明"，那一瞬间我甚至不知道该用什么语言来形容我的心情。

他突然像做错了事的孩子，站在墙边，低着头来回搓着手，我能感觉到他内心的不安，像是一个藏了许久的秘密，突然被人挖了出来，我突然觉得有些残忍，他本可以不帮我的。

警察愣了一下，说了一声对不起，然后把我叫进去，等我出来时他已经走了。我不知道还能不能在那辆公交车上见到他，也不知道他在哪所学校就读，我甚至连他的名字都叫不出来。

4

"所以后来你们就再也没见过？"我忍不住插了一句。

有些人，就算你重新认识千百次，

也会千百次地爱上，这就是在劫难逃。

“见到了，不过那是在几年以后了。”形影缓缓地说道。

自从那件事之后，我便再也没见过他了，所有的公交车我都坐过，也没能碰见他，我深知那天的事儿对他的伤害有多大，后来我便不再找他了。也许这种小事对别人来说不值一提，但对于我来说，就像一根刺扎在我心里，始终难以释怀，我想跟他说一声对不起。

高中毕业后我如愿考入理想的大学，谈了几次不痛不痒的恋爱，经历了许多不算精彩的事情，我以为我的人生就会这样浑浑噩噩下去，说真的，那会儿的自己全然没了初高中时那股子学习劲儿了。

我总觉得人生不过如此，女孩子嘛，总是喜欢一些漂亮衣服和名牌包包，加上家里条件也不错，大三期间基本就算是荒废了，后来临近毕业，要实习了，才知道自己有多差劲，临时抱佛脚已经不可能了，只能听从父母的安排去一个稳定的国企，当时觉得一辈子也就这样了吧。

就在我坐火车回家的那个晚上，我碰见了他，毫无预料，生猛真实。我买的是卧铺票，晚上肚子饿打算去热水室泡碗面，就在我经过第三个座位的时候，我说了一句：“麻烦让一下。”

他回过头看了我一眼，你知道我跟他已经多年不见了，我记忆里的他仍旧是那个少年般的模样，可人就是很奇怪，心心念念的人，不管变化多大，都能一眼认出。

我手里端着一碗泡面，就傻傻地站在那里，他看见我起初没觉得惊讶，但时间一点一点过去，他似乎记起我来了，那种惊讶和意外我能从他的眼神里看出来，他起身冲着我笑，露出整齐的牙齿，他变得比过去高了许多，人也精神了不少，还是那么好看。

我盯着他说："你记起我了？"他点头，仍旧一直对我笑着。我见过好多种笑容，却从未见过像他这般干净的笑容，当时也顾不得肚子饿了，便在他身边坐下，掏出手机打字给他看。

"那天从公安局出来之后，你去了哪里？"他盯着我的屏幕看了半天，然后拿过去在下面打字。

"我妈病了，我和爸爸带她去别的城市看病，就再没回去过。"

"那后来呢？"

"病没看好，我妈走了。"他把头埋得特别深，当时好怪自己那么鲁莽，但实在是分别太久，有一肚子的话想问他，我只能一直说："对不起，对不起，我不是故意的。"

他抬起头看着我，摇了摇头，笑了笑。那天晚上我们聊了很多，把我的手机用没电后，我又找来纸笔和他聊，也就是在那一晚，我了解了他的一切。

他并非天生不能发声，而是在六岁那年得了一场重感冒，村里的赤脚医生不懂试敏，直接用药，感冒好了，他却再也说不出话来了。他的听力特别好，除去不能说话以外，他和常人并无区别。

我与他相识时，他在那个离我们学校不远处的一所聋哑学校上学，这也是我后来才知道的，世事难料，就在他去公安局之后他母亲便重病不起，他便又随父母去别的城市生活了，我们多年之后才有缘重逢。

5

“后来呢？”我又一次忍不住问了。

“我俩结婚了。”形影特自豪地跟我碰了杯，一饮而尽。

“你这也太速度了吧？”我惊讶地问。

“不速度啊，毕竟我心心念念那么多年，况且我就是喜欢他对我笑。”

“一切都顺利？”

“谈何容易啊！”形影有点儿伤感地说道。

在火车上相逢之后，我们便留了联系方式，从平日里的两三条短信，到后来每天几十条上百条，我对他的感情和依赖也越来越深。他不像别的男生那样脾气很急，或者喜欢提出各种各样的意见和要求，他永远都是等我说完，或者耐心地陪着我，回想起曾经的几段感情，我倒觉得错过也好，起码换来遇见他。说真的，这么多年都是别人追的我，我从未追过别人，但这一次表白这事儿还是我主动的。

他自然是受到了惊吓，拒绝了我好多次，后来我说他再不答应我就绝食了，他才勉强同意。我知道他顾虑什么，这么多年他都是在自卑中度过的，他说他没办法用嘴说出“我爱你”。他的嘴只能发出啊啊的声音，他不想他爱的人，连句温暖的话都听不到。

我说：“你只要每天能对我笑，我就特知足了。”后来他真的傻乎乎地每天都拍一张笑脸发过来，没有一天忘记过，也就是从那时候开始我决定嫁给他。

所有的事情都在我的预料之中，唯独我父母的反应在我的意料之外，当他们听说我找了个男朋友，而且还是个所谓的残疾人时，对我大发雷霆，甚至以断绝关系来威胁我。

说真的，那段日子简直不堪回首，这些我都从来没对他讲过，因为以他的性格知道了肯定会很难过，甚至会再一次地让我找不到他，总之那段日子我用尽了办法，绝食、哭、闹、假装自杀，无所不用其极。

想想自己也挺不孝顺的，把我爸妈逼得实在没办法了，这才同意我们在一起，后来经过长时间的接触，父母竟越来越喜欢他，只是偶尔我妈会说：“多好的孩子，真是可惜了。”

每当这时候我都跟我妈说：“不可惜啊，他要是完美的人，人家兴许还看不上我呢。”

“你这也太贬低自己了吧？”

“其实不啊，你见过他你就知道，真的是我追的他。”

说话间，门口来了一个人，彤影的眼睛瞬间像灯泡通了电，一下子明亮了起来，她站起来招了招手。那男子走过来的瞬间，负责任地讲，我若是个姑娘，我也废了。

这分明就是翻版的木村拓哉啊，他走过来的时候，旁边座位上的姑娘一直在窃窃私语，全都是“好帅啊好帅啊”的花痴状。我不知道彤影究竟是爱上了他的容貌还是爱上了他这个人，其实这都不重要。

当他坐下来，从兜里拿出手绢擦掉彤影嘴边一滴酒的时候，我就明白了。

这份爱情真的跟皮囊一点儿关系也没有，如果说他生得好看能为这份感情锦上添花的话，那么他对彤影的真心，抵得过任何好看的皮囊。

那晚我们喝了很多酒，也说了很多话，确切地说是写了很多字，后来我把聊天内容基本都忘了，唯独记得他写给彤影的最后一句话，也许是喝了酒的缘故，也许是煽了情的缘故，只觉得那句话特别好，好过我听过的所有山盟海誓，以至于现在想起来，都觉得那是对爱情最好的诠释。

“这一世与你相逢，能陪你听风看海，陪你遛狗养花，已是我幸，别无他求，只愿此身长健，晚一点别离。”

我 有 一 杯 酒 ， 可 以 慰 风 尘

全　心　全　意　去　爱　……　别　的　就　交　给　命　运

如果思念
有声音　The sounds of missing you
你一定会觉得
我很吵……

何处

有些人带给你的可能就是一段美梦，
这梦有长短，或者三年五载，或者一个四季，
无论何时梦醒，都别难过，
因为它带给你的是一段岁月，绝无仅有的岁月。

当一段感情不可挽回的时候，你除了让它随风而逝，你无能为力，你要问一下自己，你为这段感情奋不顾身、不留余地了吗？如果有，那么你就已经对得起这份感情了。

有些人带给你的可能就是一段美梦，这梦有长短，或者三年五载，或者一个四季，无论何时梦醒，都别难过，因为它带给你的是一段岁月，绝无仅有的岁月。

1

毕业三年后，久未联系的何剑给我打来电话说他要结婚了，我在电话里说："先祝福你们这对小鸳鸯终成眷属啊，把我蒋妍妹子带好，地址给我，随后就到。"

然后何剑说："不是跟她，是跟别人……"我一时语塞，不知该如何接下一句，问了原因之后才明白，俩人已经分了有一年多了，突然觉得物是人非、造化弄人。

蒋妍跟何剑这事，发生在大一刚开学没多久，何剑是我大学室友，我俩属于过命之交，当时我跟他一起翘课去网吧，路上遇见几个小流氓在欺负一个姑娘，何剑跟我使了一个眼色，我俩就上去了，结果就是我俩身负重伤，流氓跑了，但总算救下了姑娘。

我跟何剑一下子就出了名，两个大一新生，在校外英雄救美，身负重伤，被授予“见义勇为好青年”称号。以至于后面的四年，我俩就算是不考试也照样不挂科，就因为有了这个称号，学校也是睁一只眼闭一只眼，我们想着能毕业就行，现在想想还真是不要脸啊。

住院期间，蒋妍倒是天天去照顾我俩，怎么说呢，蒋妍是那种特别闷的姑娘，不爱说话，冷若冰霜，但人长得极其漂亮，因为我实在受不了她的性格，也就对她没什么感觉。

可何剑不同，在医院的时候何剑就跟我说：“发现没，蒋妍这姑娘长得真好看啊，我要是能追上她做我女朋友，那我就是少活八年都愿意啊。”

“你瞧你那点儿出息，姑娘让你立马去死，你也愿意？”

“愿意！只要她答应我。”

就这样，每次蒋妍过来的时候，何剑都极其不要脸地跟人家搭话、逗人家，不管怎样我跟何剑总归是她的救命恩人，就算何剑每次逗得蒋妍红了脸，也没见她生过气。

出了院之后何剑跟我说：

“在这个大学，我最在乎的两个人就是你跟蒋妍，一个是过命之交，一个是我挚爱的女人。”

“你歇歇吧，我受不起，你再这样下去就不是何剑，而是何贱。”

“啥意思？”

“何处犯贱。”

“你咋这么损？”

“我是为你好，追蒋妍的人上到学生会主席，下到大二大三的学长，能轮到你？”

何剑最让我佩服的地方就是，他做事儿从来没有章法，二十几岁的人还特别喜欢香港的黑帮片，像什么《古惑仔》《九龙冰室》《江湖》之类的兄弟义气影片，他看了不下几十部。

我跟他说过好几次，不能总看那些东西，时间长了，脑子该坏了，人与人之间的交往不单靠义气，还有责任，还有各种感情的建立，绝不是单凭冲动、仗义就能解决问题的，可何剑听不进去，觉得我太世故。

何剑在大学的人缘特好，谁找他帮忙他都乐意去，所以大家都在背后叫他小宋江，因为就连别人翘课出去玩，他都帮忙顶着，能把责任都揽到自己怀里。

后来追蒋妍的时候，他的人脉也发挥了极大的作用。

2

那天是蒋妍的生日，也不知道他在哪儿打听到的消息，总之蒋妍寝室里的姑娘，基本都被他收买了，所以蒋妍的一举一动都在他的掌握之内。跟蒋妍表白这事儿何剑可真是下了血本，在蒋妍下课回寝室的路上，站了两排给他加油的人，包括我在内。

我们每个人手里拿着一支蜡烛，再加上一朵玫瑰花，黑灯瞎火的像一条通往幽冥的路，我跟他说："这太吓人了，只能看见手里的蜡烛，看不见花儿啊，你小心把人家蒋妍吓着，咱白天表白不行吗？"

何剑说："你懂个屁，这叫浪漫，蜡烛玫瑰，多浪漫啊！"

正说的时候，前面有个人喊："准备啊，过来了。"何剑连忙整理了一下衣服，站在了人群的尽头。蒋妍打从一开始走过来就知道是何剑的把戏，依旧冷若冰霜，但面颊红润，她低着头快速地穿过人群。

当她来到何剑的面前时，何剑这傻瓜竟然单膝下跪，从后面甩出了一束玫瑰花，一脸虔诚地说："蒋妍姑娘，我喜欢你，打从见你第一眼我就喜欢你，我那天救你不是因为我仗义，也不是因为我英勇，是因为我喜欢你，所以我受不了别人欺负你，给我一个机会，让我永远保护你。"

说实话，我从未见过何剑这般认真过，当时连我都感动得差点儿

你求之不得的人，有的人却不屑一顾，你视若珍宝的人，却心甘情愿地为另一个人鞍前马后，感情就是这样，一物降一物，互不懂珍惜。

你见过山川湖泊，也见过险峰大海。你见过那么多好玩的人、那么多有趣的事，心里憋了一肚子的话，就是没有人能与你分享，不是你沉默，而是有些话只能跟对的人说，差那么一星半点都不行。

答应了。

蒋妍听完后，眼里噙满了泪水，没点头也没摇头，这时人群开始起哄："答应他！答应他！答应他！……"其实这种表白方式，多少有一些赶鸭子上架的感觉，若是姑娘不喜欢这个人，是很难下台的，只能硬着头皮答应，不然表白的一方很容易想不开寻短见。

可好在蒋妍心里也是喜欢何剑的，在一片起哄声中，蒋妍点了头，答应了何剑的表白。何剑笑得像个二百多斤的傻瓜一样，抱起蒋妍就是一顿转，转得我都快吐了，还不停下来。

总之何剑这孙子如愿以偿地追到了蒋妍，以至于那一段时间何剑的名字响彻校园，因为众多男神都没办法拿下的蒋妍，就这样被何剑稀里糊涂地拿下了，不得不说何剑简直太好命了。

自从跟蒋妍谈恋爱之后，何剑基本就不再跟我玩了，网吧去得也少了，就连吃饭也有了品位，天天不离嘴的是"我家妍妍说这个不能吃，对身体不好"。

"我家妍妍说，要早点睡觉，对身体好。"

"我家妍妍说，要少抽烟。"

后来我实在受不了了："你家妍妍没说你像个娘炮吗？"

"我家妍妍就喜欢我娘炮，你羡慕嫉妒恨吗？你个单身狗。"

"你改名吧，就叫何来贱。"

总之何剑不管是在我面前，还是在寝室其他同学面前，永远都是他家妍妍最好，后来我们实在受不了给蒋妍打电话，让她管管他，再这样下去我们就得搬出去了。

可谁能想到，蒋妍早已经被何剑变成了另一个小何剑，所以说两个人若是在一起待久了，的确是会越来越像的，电话里蒋妍笑着说："哈哈，那是我家何剑爱我，你们管不着。"

3

得，两口子一个德行，不是一家人不进一家门，后来我们慢慢也就习惯了，毕竟热恋嘛，总是会有一个疯狂的时期，慢慢就冷淡了，感情都是如此。

但我的确低估了何剑和蒋妍这两人的不要脸程度了，他们仍旧天天你侬我侬，刚分开没一分钟就打电话说想对方了，想得不行不行的，每天晚上俩人打电话就得打到 12 点，每次都是我抢手机抠电池才算完事，后来何剑受不了了，说我在破坏他们美好的幸福生活。

大二的时候，这俩不要脸的，出去租房子了，就这样，何剑成了我们寝室第一个搬出去的人，说心里话，能不羡慕吗，都大二了，一群单身的大老爷们夜里盯着天花板，连午夜座谈都免了，人家俩人卿卿我我，当然羡慕了，早知道当时我也跟蒋妍表白好了，可人跟人就是这样，是你的，怎么都跑不了，不是你的，怎么也拉不住。

后来我也谈了个女朋友，室友也都有了对象，陆续都搬了出去，等到大四的时候，寝室已经没人住了，除了平时下了晚自习偶尔回寝室玩个扑克，基本没再回去了。

可生活不会总顺畅，有些事儿该来的时候还是会来，临近毕业了，该实习的实习，该分手的分手，该弄论文的弄论文，寝室里的同学又陆续搬了回来，大多数都是因为分了手，包括我。

所以说大学时的感情，最真，也最脆弱，来得快，走得也快。在寝室里我们几个面面相觑，然后互相点了烟便都不说话了，可是何剑没分手，和蒋妍恩爱如初，这一点不得不佩服。

毕业论文都完事了，再过几天就离校了，平日里稍有说话的同学也都变得亲近起来，好像再不多说说话，就再也没机会说话了，其实也的确如此，如今已毕业多年，当年的同学很少再见到了，除了关系不错的，但也只是一年聚个几次，同学会的次数越来越少，参加的人数也越来越少。

每个人都在忙着自己的事业、房子、车子，甚至孩子。

毕业聚餐那天，我们都喝多了，尤其何剑喝得最多，又是哭又是笑，说当年特感谢我，如果没有我跟他一起冲上去，他自己估计就挂了，也不能有后来的幸福。何剑和蒋妍一起给我敬酒，我笑嘻嘻地举杯一饮而尽，好像将这多情的青春，全留在了这酒里。

毕业之后我去了北京，何剑跟蒋妍一起去了上海，我们三人便再未见过面，除了偶尔在社交软件上能看到何剑的一些动态，他和蒋妍后来的事，我便一无所知了。

4

直到那天何剑打来电话，我才知道他们后来发生的事。去上海之后两个人一起租了个房子，特别小，而且还是和别人合租的，就连他俩晚上亲热的时候，都得压着声音，特别憋屈。

何剑的家在农村，家里供出一个大学生不容易，好不容易毕了业赚了钱，何剑总是想贴补家里一些，可蒋妍终归是个爱美的姑娘，公司里同龄的姑娘，都不如蒋妍漂亮，但穿的和用的都比蒋妍高出好几个档次。

起初蒋妍也不觉得什么，只是偶尔跟何剑抱怨一下，何剑也安慰说现在年轻，努努力一切都会有的。可社会终归不比校园，再脆弱的感情放在校园里也会平安生长，因为没有压力，没有对比。

可到了社会就不一样了，外界的干扰因素太多，再坚固的感情，在所谓的现实和金钱面前，也会变得摇摇欲坠。何剑的公司业绩不好，在第二年的时候他被裁了，而蒋妍因为工作出色已经当了产品总监。

两个人的距离拉得越来越大，心也隔得越来越远，有一天俩人在吃饭的时候，蒋妍突然问了何剑一句话：“何剑，你说你能在上海给我买个家吗？”

何剑没说话，上海的房价对他来说简直是痴人说梦，他家本就在农村，供他上学已经被掏空了，他没脸也不可能再跟家里要钱了，曾经不可一世的何剑，第一次在蒋妍面前哑口无言。

那晚之后两个人的交流越来越少，夜里睡觉的时候也都是背对背不说话，何剑那时候心里就明白，蒋妍就像一个抛出去的卫星，她有自己的轨道，她会越走越好，也会越走越远，他就快失去她了。

俩人彻底分手是在一个晚上，何剑新换了工作，下班很晚。有一天下班下得早，他就想着去接蒋妍下班，走到公司楼下的时候，刚好看见蒋妍挽着一个男人从公司出来，那一瞬间何剑觉得身体冷如冰山。

何剑在家里等着蒋妍回来，蒋妍进屋还没开口，何剑就打了蒋妍一个耳光，蒋妍红着眼睛问他凭什么打她，何剑说：“别以为我没看见你挽着人家胳膊。”蒋妍没再解释，只说了一句：“好，你好样的。”

第二天蒋妍找来搬家公司，把自己的东西都搬走了，走之前给何剑扔下两万块钱，她知道何剑手里没多少钱，两万块钱至少够他交一年的房租。

何剑追出去把钱扔给蒋妍，他觉得这是对他最大的侮辱，然后两人分道扬镳，再未相见。何剑心灰意懒，辞了上海的工作，回了老家，找了一份安稳的工作，认识了一个普普通通的女孩。

何剑打算结婚，对过往不再提及，可有些事有些感情，不是说不提就不提的，何剑总是在夜里想念蒋妍，想和她在一起的日子，想和她在学校的日子，他不知道事情怎么就变成如今的样子。

他太爱她了，他怕失去她，所以那个耳光是他不由自主打出去的，蒋妍走了之后，何剑扇了自己几十个耳光，但又有什么用呢？于事无补啊，有的伤害，任何抱歉都是没用的。

5

后来何剑实在太想念蒋妍了，便用了一个小号加了蒋妍，就为了能看看蒋妍的生活，哪怕和他再无关系也可以。

蒋妍更新了一个动态，说是参加了表哥的婚礼，照片上的男人正是那天蒋妍挽着的男人，而那个男人只是她的表哥。何剑拿着手机又是笑又是哭，他知道一切都晚了，他太了解蒋妍了，那天晚上蒋妍之所以没有解释，就是认为那个耳光下去之后，什么解释都没用了，这已经变成了另外一件事了。

何剑说，蒋妍其实一直都知道那个小号是他的，她之所以不动声色地把他加进来，就是等着这一天，等着表哥结婚，等一切真相大白的时候，让何剑后悔，但她不会去解释什么。

后来何剑还是给蒋妍发了一条信息，上面说：“很抱歉，伤害了你。”蒋妍没回复，何剑知道蒋妍是什么脾气，她是摩羯座，她若是认定你伤了她，你就是追一万步道歉，她都不会看你一眼。

等晚上睡觉的时候，蒋妍回了信息，只说了一句话：“别抱歉，缘分尽了。”何剑盯着短信看了一夜，然后删了蒋妍所有的信息，他知道，怎么也回不到从前了，这是一段回不去的旅程，虽然遗憾，但也无能为力，何剑给自己的女朋友打了电话，说下个月结婚，那边高兴得哭出了声音。

“他处一无是处的人，也许在另一个人眼里，就成了至宝。”

蒋妍仍旧在上海打拼，至今单身，我曾提过何剑，她只是说：“别再提了，都过去了。”

后来参加何剑婚礼的时候，我们都喝多了，说起当年的点点滴滴，都笑得不行，说到后来，就只是碰杯喝酒了，大学时候的爱情美好又纯粹，我们都是最好的模样。

只是很遗憾，很多感情都没能走到最后，在结束这段感情的时候，其实谁都没有错，可又都错得彻底，那时说的我爱你，如今听起来仍旧真实得想哭，只是遗憾，我们没能在一起。

后来何剑趴在我的耳边说："我再也遇不到那么好的姑娘了。"

我拍了拍他的肩膀，跟他说："不是她有多好，而是你的青春很难重来，而她只是碰巧成了你的遗憾。"

“你该笑得甜美”
纵然有，万般心碎
You should
laugh
sweetly

姐姐的果儿

每个人心里都有些事儿，美好或甜蜜，残酷或绝望，
但也会有一些这辈子都不愿再提及，
就像一颗种子埋在心里，它只能往下生长，
时间越久扎得越深，等你再想拽出来的时候，
它已经和心长在一起了，只要轻轻碰触，就会钻心地疼痛。

她叫陈伊，我叫她姐姐，虽然没有血缘关系，但对我和亲人无二。

每个人心里都有些事儿，美好或甜蜜，残酷或绝望，但也会有一些这辈子都不愿再提及，就像一颗种子埋在心里，它只能往下生长，时间越久扎得越深，等你再想拽出来的时候，它已经和心长在一起了，只要轻轻碰触，就会钻心地疼痛。

或许是怕遗忘，或许是怕老去，再也记不清事情的来龙去脉，所以我打算把这颗种子拔起，重新看一看过去很久的日子，连同姐姐和她的果儿。

和姐姐认识的时候，我才二十岁，在郑州的一家广告公司实习，她是公司的财务总监，因为刚工作不久，来到这儿又没有朋友和亲人，在公司除了工作需要我基本就不怎么说话。

在所有同事里，陈伊是第一个和我说话的，她问我家是哪儿的，多大了，其实起初我挺意外的，陈伊大我五岁，按理来说，她不可能对一个刚来公司的新人给予特别照顾。

但她每天中午吃过饭之后，都会过来送给我一个苹果，那时因为陌生所以有距离，不好拒绝，只能默默地接受这种莫名其妙的关心。

有天中午，吃完饭回来得早，我一个人坐在椅子上打算眯一会儿，陈伊过来坐在我旁边，笑着跟我说："真像啊，尤其是鼻子，特别像。"

"像谁啊？"

"我弟弟，你看看。"

她说着拿出一个钱包，里面有一张泛黄的照片，上面的男孩看起来也就十六七岁的模样，和我倒真有几分相似，看得出来，那应该是很久以前的照片了。

"是挺像的，他现在在哪儿工作呢？"

"去世了，16岁那年的暑假，去水库玩，没听见泄洪的喇叭，被冲走了，连个全尸也没见着。"

"这样啊，对不起，我不知道。"

"没事，都过去那么久了，只是你长得真像他，所以看见你总是觉得恍惚，你别见怪啊。"

"怎么会呢？陈姐，你要是愿意，以后我就喊你姐了。"

"真的？那成，以后你就是我亲弟了，姐会对你好。"

她起身回去的时候，我看见她用手抹了眼泪，我打心眼儿里高兴能有个姐姐，因为从小就是独生子女的关系，一直羡慕别人家有哥哥有姐姐，在学校受了欺负也有人出头，所以格外珍惜这份感情。

自从认了陈伊做姐姐，我和公司里的人也越来越熟，后来在我生日那天，姐姐请了全公司的人去饭店聚餐，说是当着大伙的面儿要认我这个弟弟，别人问她原因，她没说原因，只说投缘。

走了一个简单的形式，给姐姐敬了三杯酒，喊了声姐，她的眼眶瞬间就红了，还给我包了一个红包。从那以后，每个周末姐姐都要带我去她家吃饭，也就是在那个时候我才知道姐姐已经结婚了。

姐夫叫孙刚，我每次去他都会下厨炒几个菜，我陪着喝几杯。姐姐还有个五岁的女儿，叫孙果果，小名叫果儿。果儿长得漂亮，特讨人喜欢，每次见我来都会叫“大哥哥好”，我打心眼儿里喜欢姐姐这一家。

我从未想过自己此生会遇见一个不是亲姐胜似亲姐的人，后来姐姐邀请我去她老家做客，第一次去的时候，姐姐的爸妈都哭了，都说太像了，拉着我的手一直不肯松手，好像真的看见了多年以前的儿子。

家里人对我也好，吃饭的时候一直往我碗里夹菜，等吃完饭后，我搬凳子去院里坐着的时候，姐姐在我旁边说：“弟，你别怪姐，姐一开始对你好，的确是因为你长得像我弟，但认识这么久之后，我没把你当成他，人死不能复生，认识你也是缘分，所以姐现在对你的好，就是对你好，你就是我弟。”

那时我并不懂得如何表达感情，只是觉得姐姐真心待我，家里人也真心待我，我也应该真心待他们。

过年的时候邀请姐姐一家回我家过年，和父母把与姐姐认识的过程说了后，我妈也觉得这是上天给的亲情，我妈一直就喜欢闺女，过年的时候没带回去女朋友，倒带回去一个姐姐，那个年是我这辈子过得最幸福的一个年，以后再也没有那种感觉了。

在郑州的两年，我和姐姐还有姐夫早已成了一家人，姐姐给我租了一个房子，就在他们对面的小区，有事没事我就会过去蹭饭，陪果儿玩，偶尔姐夫和姐姐有事，我就在家里帮着照顾果儿。

果儿和我也亲，总问我：“你和妈妈谁大呀？你比妈妈高，为什么叫妈妈姐姐呀？”每次我都解释说：“因为哥哥年纪小，妈妈比哥哥年纪大，所以就叫姐姐了。”她不厌其烦地问，我不厌其烦地解释，后来她说：“其实我早就知道啦，就看你有没有耐心。”

因为果儿总是问一些很奇怪的问题，弄得姐姐和姐夫不知道怎么回答，时间长了，就不怎么回答果儿的问题了，她好不容易逮到我，自然要问个不停，每天不同的问题，简直就是个磨人精。

秋天的时候，姐姐一家要去黄山旅游，问我去不去，那时因为刚好有个同学结婚，我便没跟姐姐一家同行。他们报的是一个旅行团，七天时间。参加完婚礼之后，我便回了郑州。

那天是姐姐一家回郑州的日子，正常情况下姐姐一家应该七点到郑州，然后再乘机场大巴回家，我七点出家门去姐姐家，七点半左右姐夫打来电话说回来的路上出了车祸，大巴翻了，姐夫和果儿都没事，姐姐因为睡着了，伤得最重，现在正往医院赶。

我赶到医院时，走廊里黑压压的人，姐姐已被推进手术室，姐夫一言不发地坐在走廊的凳子上，果儿好像受了很大的惊吓，不哭也不闹，只是盯着墙角，姐夫说情况不乐观，当时大巴在高速上，姐姐因为太劳累睡着了，翻车之后姐姐的头磕在了地上，从事发地到医院，姐姐一直都昏迷不醒。

我盯着手术室上面的字——手术中，心里一直七上八下的，从来不迷信的我在那一瞬间拜遍了满天神佛，就希望姐姐没事，果儿才那么大，姐姐要是有什么事儿，让姐夫和果儿怎么活啊！

可人间事就是如此，你越不希望发生的，它就越会发生，姐姐最终没能抢救过来，走了。

姐夫瘫坐在地上，嘴里一直说着："这怎么可能？这怎么可能？"门开之后，果儿跑进去，静静地站在姐姐旁边，就好像在看熟睡中的妈妈一样，果儿没哭，她只是摸着她妈妈的手，把脸贴在她妈妈的脸上，好像在哄她睡觉一样，在场的所有人都捂着嘴不敢哭出声，我只能背过去默默地擦泪。

当白布蒙在姐姐的脸上时，果儿哇的一声哭了，她也许并不懂得生死的含义，但她一定知道，从今天起就再也见不到妈妈了，姐夫被人搀起来，慢慢地走过去，用手摸着姐姐的脸，不说话。

在那一瞬间我不知道姐姐是不是走了，听说人在死了之后灵魂会从身体里出来，我想姐姐也一定在这个屋子里，她一定很不舍，一定很难过，她没办法跟我们道别。

姐夫拉我过去，让我跟姐姐再说最后一句话，我竟一时语塞，对于那时的我而言，从未直面过死亡，几天前还跟我有说有笑的姐姐，如今竟已阴阳两隔，我看着姐姐的脸，上面没有一丝血色，神情安详，好像没有一丝痛苦。我对姐姐说："姐，弟弟想跟你说声谢谢，我从来就没有过姐姐，是你让我体会到了有一个姐姐的幸福，是你让我在这个城市不再孤单，是你让我觉得这里就是家，你就是亲人，可如今你走了，我以后再也没有姐了，我管谁叫姐啊……"我哭得不能自已，别人把我拉开，姐夫用手按着我的肩膀，很用力，我知道他在强忍悲伤，果儿还在身边，他不能倒下。

回到家时，已经是夜里两点多，果儿已经哭累了，带着泪痕睡去了，姐夫坐在沙发上，只是沉默地抽烟，从来不抽烟的我，竟也一根接一根地抽着，从前不觉得这东西有多好，但那时真觉得会让心里的难过少一些，人其实最会自我麻痹了。

看着这个熟悉的家，甚至还能闻见姐姐的气味，几天前一切还特别温馨，如今姐姐却一个人躺在医院的停尸房里，那里多冷啊，冷得让人只是想想就冰冷彻骨。

想到此处，眼泪便不自觉地流了下来，一夜未睡，我和姐夫相对而坐，没说一句话，抽了十几包烟。第二天姐夫让我先回去，他还有事要处理，姐姐三天后出殡。

刚出事的时候姐夫不敢打电话给家里，怕老人承受不住，以为还有抢救的机会，可事到如今怎么也得让家里人知道，送姐姐最后一程。

我不敢想象姐夫要背负多大的伤痛去见姐姐的父母，我也无法想象，那是一种怎样的绝望和悲伤，我提出和姐夫一起去，姐夫说："果儿还在家，家里得有人。"

这时候我才想起来，果儿已经失去了妈妈，我推开果儿的房门，她仍然熟睡着，也许在她的梦里妈妈始终在她身边，只是睁开眼之后，这世上再没有了妈妈这个人，我不知道果儿醒来之后，我该如何解释，我甚至懦弱地想，如果果儿就这么一直睡下去，那该有多好。

姐夫出门之前过来看了一眼果儿，眼里满是爱意，只是转身之后眼泪还是掉了下来，说了一句："冰箱里有菜，果儿饿了给她做点儿什么吧。"

果儿最后还是醒了，她睁开眼看着我，不说话，然后看了看自己的屋子，眼泪顺着脸颊流了下来，滴在了枕头上，没有表情，没有哭闹，只是悄无声息地流泪，原来果儿什么都懂，什么都明白。

"果儿，饿不饿啊？大哥哥给你做点饭吧。"

"不饿，我想去看看妈妈，行吗？"

"果儿，妈妈她……"

"妈妈她去了天上啊，妈妈以前给我读故事的时候说过的，她只是去了另一个地方等我，然后我要在这里学习、长大，然后变老，然后我就可以去那个地方找她了。"

"对，就是这样，妈妈只是先去那边等果儿了，果儿以后也会去的。"

"我都知道，可是要很久很久才能去吧……"

我不忍拒绝果儿的唯一要求，她才五岁半，和妈妈才一夜未见，就已懂事到这种程度，我实在没有勇气去想在以后的日子里，没有妈妈的陪伴她该如何度过，可她什么都懂，就是什么都不说，这孩子要是哭闹一番倒还好，越是这样沉默，心里越疼痛。

最后我还是带着果儿去看了姐姐，医院的工作人员一开始是不愿意的，毕竟孩子太小，最后我说了很多，再加上果儿说的一句：“阿姨，我不哭，我就是来看看妈妈。”这让医院的人也实在不忍心拒绝。

当工作人员将姐姐从冷柜里拉出来的一瞬间，即便是我这个成年人，都有一阵眩晕感，那种无以言说的悲伤实在让我不知道该用什么样的语言来形容，巨大的伤痛像一团乌云笼罩着这个屋子，我甚至能感觉到屋子越来越小，我的呼吸也越来越急促，我不敢上前，我不敢相信曾经朝夕相处的姐姐如今变成这样。

果儿轻轻地走过去，用手摸了摸姐姐的脸，然后小声地说了一句：“妈妈，冷不冷？”

我的眼泪瞬间夺眶而出，我用手捂着自己的嘴，不敢出声，怕让果儿听见，果儿把双手从裤兜里拿出来，用力地搓着，然后哈着气，再慢慢地放在姐姐的脸上，一直这样重复着：“妈妈，不冷了吧？果儿给妈妈暖暖。”

这里温度毕竟太低，我不敢让果儿待太久，我说：“果儿，该走了，让妈妈回去睡觉好吗？”果儿回头看着我说：“大哥哥，你说妈妈会不会知道我很想她啊？”

我强忍着眼泪：“会，妈妈当然知道了，果儿那么爱妈妈，妈妈怎么会不知道？”

“那我再和妈妈说几句话就走，就几句话。”果儿乞求般地看着我。

“说吧，跟妈妈说说，妈妈听得见。”

旁边一直站着的医院工作人员也一直在摇着头轻声说：“揪心啊，这么小的孩子，怎么能这么懂事？这以后怎么过，实在看不下去啊！”

果儿趴在姐姐的耳边，一遍遍地用手轻轻摸着姐姐的头发，眼泪一颗一颗地往下掉，她轻声地说着：

“妈妈，以后我会好好吃饭，不挑食了。

“衣服也会自己穿，糖也不吃了，我再也不大吵大闹了。

“我会每天好好看书，每天想你，一直想到见到你。

“我知道妈妈去了很远的地方，但妈妈你说过的，会一直等着果儿，不要让果儿找不到你。”

果儿小声说了很多话，再后面的已经听不见了，孩子终究是孩子，抱走的时候哭得不行，那种撕心裂肺的感觉这辈子我都不想让她再体验，最后我强抱着果儿出了医院，带她去了肯德基，可她只吃了几口，就坐在那儿发呆不说话。

我知道，果儿心里苦，从医院出来后，果儿生命里的一部分就已经永远留在那儿了，陪着妈妈，不散不灭，这也许是果儿能为妈妈做的最后一件事了。

姐姐没出事之前，每次去姐姐家，果儿都爱吵闹，也喜欢跟我玩。如今姐夫不在的日子里，就我跟果儿待着，她不闹，也不吵，只是安静地看着动画片，困了就在沙发上睡，醒了继续看。

我不敢多跟她说话，我怕她问我，我怕她找妈妈，我怕我无能为力。可果儿就像换了个人，一夜之间就长大了，成熟得不像一个孩子。姐夫是下午回来的，和姐姐的父母还有一些亲属一起。

果儿的姥姥，一进屋就奔着果儿过来了，抱起果儿就哭，哭喊着说："果儿啊，我的果儿，你这娃的命怎么这么苦哇，跟姥姥一样命苦，儿子没养活，如今女儿又走了，我还活个什么劲儿啊？"姐夫在旁边一直劝她要注意身体，陈伊走了，还有他。

果儿只是用小手擦姥姥的眼泪，她自己却不哭，我发现这孩子只在没人的时候哭，一边用小手擦姥姥的眼泪，一边说："姥姥你别哭了，妈妈只是换个地方生活了，我们还会见到她的，也会见到小舅舅，现在妈妈一定和小舅舅在一起呢。"

果儿说完这句话，姥姥果然就不再哭了，说着："果儿说得对，人哪，一辈子就图个团圆，生不能团圆，那就去那边团圆。不哭了，姥姥不哭了，姥姥还有我们家果儿呢。"

姐姐出殡那天，来了很多人，姐夫的父母也来了，看得出来他们对姐姐的离开同样悲痛欲绝，看着这么小的果儿走在前面，抱着妈妈的照片，没有一个人受得了这场面。

最后将骨灰盒入土的时候，姐夫让我把果儿抱走，姐夫觉得，果儿看了可能会难过，她理解的是妈妈要上天堂，不是埋进土里，我把果儿一直抱出很远，果儿问我："大哥哥，妈妈会去哪儿？"

"天上啊，我们每个人都会去天上的。"

"天上什么样？"

"天上……就是所有相亲相爱的人都在那里，没有分离，永远在一起。"

"那就好啦，妈妈已经跟小舅舅在一起了，以后我们都会在一起的，对吗？"

"对啊，我们都去，都陪着果儿。"

等果儿再一次去见姐姐的时候，已经是一年后了。六岁的果儿穿着妈妈以前买的裙子，手捧着花儿去见妈妈，这一年来，姐夫老了不少，既当妈又当爹，虽然我平时会过去，但辛苦的仍旧是姐夫。

果儿看到墓碑上姐姐的照片，走过去用兜里的小手绢擦了擦，然后把手里的花儿放在墓碑前，蹲在地上，小心地把书包里的成绩单拿出来给妈妈看，然后说着：

"妈妈，这是期末的成绩单，这是比赛的小红花，这是我跳舞得的奖，还有这个英语比赛我也得了第一名呢，妈妈你以前总说我英语不好，现在可好了，你能夸夸我吗？

我曾想过很多次和你再见面的场景，第一句该说什么，语气、表情该是怎样的，就连穿着都曾想过……可至此和你再未遇见。

愿你身着长衣，煮茶种花养青鱼，愿你夜晚都能睡得安稳，酒喝到八分醉，再不舍也从此江湖不见。

“我想你，每天睡觉都想你，爸爸不让我总想你，但我还是会想你，大哥哥和爸爸每天都带我出去玩，去各种我想去的地方，可我想妈妈也在，我知道不能闹，不然爸爸和大哥哥会伤心的。”

果儿就这样坐在墓碑前断断续续地说了一下午话，我跟姐夫就站在旁边听着，后来果儿站起来拉着姐夫的手说：“爸爸，我以后能每个月都来一次吗？我想和妈妈说话。”姐夫点点头。走之前我给姐姐烧了些纸钱，说了一些话，聊聊果儿和公司的事，然后抱着果儿回去了。

果儿自从和姐姐说了话之后，比以前开朗了许多，至少不像从前那么沉默了，虽然果儿还没从失去妈妈的伤痛里走出来，但这样的一种方式多多少少能减轻一些思念。

果儿一直想去上海的迪士尼玩，之前姐夫和姐姐已经答应她了，但因为工作忙，这事儿便一直往后拖，姐夫跟我商量在果儿生日那天，带她去上海玩玩。自从知道这个消息后，果儿每次看见我都缠着问，什么时候出发，什么时候去。

终于等到果儿生日那天，我和姐夫带着果儿去了上海，在迪士尼里我仿佛又看见一年前的那个果儿了，无忧无虑，看看这里，看看那里，好像有使不完的劲儿。

姐夫跟我说，后悔没跟姐姐早点儿带果儿来玩，至少还能留下一些回忆，如今想想以前每天说工作忙啊、应酬多啊，现在回头看，什么都比不了一家人团团圆圆地在一起。

正说着话，果儿跑回来说要玩前面的那个云霄飞车，姐夫说他可玩不了，让我带果儿上去，他在下面等我们。上了云霄飞车，果儿说：

“这个好快的，但我不怕。”

“为什么不怕？”

“我看电视上说，离天越近的地方，离天堂越近，西藏是离天最近的地方，我现在去不了，只能坐云霄飞车啦。大哥哥不要怕，你抓住我的手。”

有时候她突然的一句话，会让我觉得这根本不会是一个六岁孩子说的话，我会欣慰，但更多的是伤感，果儿本不该如此成熟地面对生活，可生活就是这样残酷，它不会管你是个孩子，还是百岁老人。

云霄飞车停止后，果儿回头看见了一个妈妈带着一个小男孩，果儿突然回过头问那个男孩：“她是你妈妈吗？”

“是啊！”小男孩大声说道。

“要听你妈妈的话，不要闹不要哭。”

“哼，要你管！”男孩不屑地说。

“可是我没有妈妈了。”果儿的眼睛瞬间红了。

男孩的妈妈，一边不好意思地跟我说对不起，一边教训自己的儿子，她还小声地问我怎么回事，知道原因后，男孩的妈妈眼睛也红了，一直说这么好的闺女、这么懂事的闺女，哪像自己家这个天天就知道疯跑疯闹。

我多想说，我家果儿曾经又何尝不是如此呢，每一个在母亲身边的孩子，都有权利疯跑疯闹，他心里有底气，他什么都不怕，即便惹祸了也有妈妈，受了欺负也有妈妈，所以很多孩子可以肆无忌惮地成长。

可果儿没了，世上那个最疼她的妈妈没了，她遇见所有的困难，都没人可说了，即便姐夫在身边，也抵不上妈妈的一个拥抱。我摸着果儿的头说："咱们回家吧，好吗？""嗯。"果儿点点头。

从上海回来后，果儿就吵着要去看妈妈，姐夫因为公司忙，这次是我带着她去的。果儿一到墓地里就往姐姐的墓碑跑，来过好多次，她早就知道路了。

"妈妈，爸爸和大哥哥带我去了迪士尼呢，可好玩了，有唐老鸭还有米老鼠，拍了可多可多照片，我跟大哥哥还坐了云霄飞车，我一点儿都不怕，爸爸都不敢坐，我还在云霄飞车上许了愿呢。"

果儿每次都这样，一到这里就一直说个不停，我早已习惯，也许果儿会这样一直说到初中、高中、大学，甚至将来找了男朋友，也会带过来给姐姐看吧。

"妈妈，我在游乐园碰见了一个阿姨，她戴的耳环和妈妈的一样呢。”

我在旁边努力地回忆，仍旧无法想起那天那个男孩的妈妈是否戴了耳环，难以置信的是，果儿竟然记着妈妈的耳环是什么样子，还能在别人戴着同款耳环的时候识别出来，果儿对妈妈的思念，竟然到了如此地步。

后来因为工作忙，去姐姐家的次数也少了许多，除了偶尔给姐夫打个电话，再就是和果儿视频聊一会儿。时间过得飞快，果儿已经七岁了，我曾以为日子会这样按部就班地过下去，果儿健康成长，将来我还能看她找男朋友，替姐姐送她出嫁，可事情永远都是这样，你怕什么，就来什么。

那天正加着班，姐夫发来一条短信："果儿住院了，有时间过来一趟吧。”

赶到医院的时候，看见姐夫坐在外面的台阶上抽烟，我跑过去问怎么了，姐夫低着头，把包里的化验单递给我，化验结果显示为“急性淋巴细胞白血病”。

“情况怎么样？医生怎么说？”

“最长，三个月，最短……”

我一阵眩晕，感觉天瞬间暗了下来，若不是姐夫扶着，可能就倒下了。姐夫一直叹气，说自己没用，果儿都高烧一个星期了，我一直以为是感冒引起的，吃了好几天的药也不见好，到后来就开始流鼻血，这才送到医院来检查，没想到已经这么严重了，姐夫哭着捶自己，说对不起姐姐。

我无话可说，我无话可安慰，有很多时候，语言会显得不足，甚至连安慰听起来都像讽刺，就像你对一个哮喘病人说，别怕，努力呼吸，周围空气很足的，有什么用呢？什么用都没有。你将一个自闭症患者，放在热闹的人群里，他仍旧在自己的世界里活着。

对姐夫说再多宽心的话也毫无用处，我连自己都无法安慰，何谈安慰别人？短短两年时间，姐夫失去了妻子，如今又面临失去唯一的孩子，说让对方想开的话，没有丝毫作用，想不开，没法儿想开。

我站在重症监护室外面，看着浑身插满管子的果儿，心就像被人拿刀割一样，钻心地疼。果儿才七岁，竟要经历这样的磨难，这时却也觉得还好姐姐走了，若是今天姐姐站在这里，恐怕比死还难受吧。

三天后，果儿醒了，状态还可以，我进去看她的时候，她冲我笑：

“大哥哥，我好想你啊，你怎么才来啊？”

“果儿醒啦？大哥哥一直都在啊，是果儿睡得太香了。”

“大哥哥，我做梦了，梦见我和妈妈在一起玩，还坐了云霄飞车呢。”

“是吗？真好，果儿真乖，那再睡一会儿？”

“不睡了，一会儿护士阿姨会过来打针。”

“怕不怕啊？”

“不怕。”

“果儿真坚强，一会儿大哥哥给你买好吃的。”

正说着，护士推门进来，我出去的时候，果儿还冲我眨眼睛，当我看见护士拿着穿刺的针，扎进果儿的身体时，我不自觉地浑身一冷，手抓着自己的裤子，不敢松开，看着果儿闭着眼睛咬着嘴唇，竟连哭都没哭一声，护士出来后看着我，说了一句：“这孩子，太懂事了，一声都不吭，多少大人都顶不住。”

我连忙跑进去问果儿疼不疼，果儿小脸煞白地看着我说：“不疼，麻麻的。”我知道，那是已经疼到感觉不到疼了，实在不明白，为什么上天要这样对待这一家，对待这个孩子。

“大哥哥，我觉得妈妈想我了。”果儿轻轻地说。

“为什么这么说？”

“我的病好像治不好了，我看爸爸总是哭。”

“怎么会呢？过几天就好啦，妈妈也会给你加油的。”

“不是的，我知道妈妈想我了，她想带我走，我也想妈妈。”

我不敢相信果儿会这样想，又庆幸她能这样想，在她还无法理解死亡的含义时，就不得不去面对妈妈的离去，如今自己又这样，连我都想不出什么理由去哄骗她，可她竟然会觉得，是妈妈要来带她走。

“那大哥哥问你，你怕不怕？”

“不怕……妈妈说，我们都会去天上，妈妈带我走，我开心极了，一点儿都不怕。”

说到这里，果儿却哭了，哭得特别伤心，因为鼻子里还插着管子，她只能小声地哭，我拿手给她擦眼泪，自己竟也跟着哭了，她慢慢地抬起手擦着我的眼泪说：“大哥哥不哭，果儿也不哭了。”

“那你告诉大哥哥，为什么哭？是害怕吗？”

“不害怕，我要是跟妈妈走了，就剩下爸爸一个人了，他得多孤单啊……”

说到这儿，我一回头看见姐夫正站在门口，早已泪流满面。姐夫走到果儿身旁，握着果儿的手说：“果儿，爸爸没事，爸爸一点儿都不孤单，爸爸心里装着妈妈还有果儿，怎么会孤单呢？”

“爸爸，妈妈说我们都会去天上，你会去的对吧？”

“去，爸爸当然会去，去找妈妈，还有我的果儿。”

姐夫趴在果儿的床边，失声痛哭，我转身关上门，走到医院的公园里，抬起头看着天上，阳光刺眼，照得我睁不开眼睛，但我仍然盯着天上，我在心里想，如果姐姐在天有灵，也会心疼果儿，也许姐姐真的很想念果儿，想把果儿带到天上去。

我和姐夫轮流照看果儿，公司知道后也给我办了留职停薪，还组织了一次捐款，毕竟一天的开销就已经让人难以承受，姐夫又没办法上班，那段日子姐夫老了许多，一夜之间，头发全白了。

果儿的姥姥、姥爷、爷爷、奶奶，每天以泪洗面，又要对着果儿强颜欢笑，姐姐的家庭极其普通，父母健在，女儿又生得聪明伶俐，她对人和善，一生从未做过坏事，可磨难却偏偏降临到这个家庭。

果儿终究还是走了，从患病治疗到离开，仅仅两个月时间。

也许正如果儿说的那样，她去见妈妈了，所以她不害怕，在和妈妈分开的这些时间里，果儿没有一刻不想念她，现实虽然残酷，但又让我觉得有些安慰，我相信姐姐接到了果儿，因为我在梦里看见过她们，果儿围在妈妈身边跑啊、跳啊，幸福极了，一如从前。

果儿葬在了姐姐的旁边，墓碑上的果儿仍旧那么可爱，一双大眼睛亮晶晶地看着前方，笑容特别甜，恍惚中我好像还能听见她在叫我，大哥哥，大哥哥。

姐夫辞了工作，把房子也卖了，孤身一人去了拉萨。我能理解姐夫，他的前半生已经随着姐姐和果儿的离去而死掉了，他的后半生将会一直活在思念里，每年姐夫都会回来给姐姐和果儿扫墓，每次都会和我喝酒聊天一整夜，提起从前我们都不再哭了，因为我们觉得果儿和姐姐在天上一定特别幸福。

平时没事的时候，我也会去看看姐姐和果儿，偶尔听见谁喊姐姐，心还会疼一下，我知道此生此世都不可能再说出这两个字了，但谁又能说我没有姐姐呢？

后来我妈还问我怎么不邀请姐姐一家过来做客，我把事情的原委说了之后，电话那边先是惊讶，然后便是长久的沉默，再过年的时候，每次提及此事，我妈总是说："怎么会这样呢？刚认的闺女啊，多好的一家人，怎么就这样了呢？"是啊，怎么就这样了呢……

生命的残酷在于，我们来时不得不来，走时又不得不走。

所以我情愿迷信一些，也情愿相信，人死了是会去到另一个地方的，也许那个地方叫天堂，也许是随便一个什么地方，总之我们离去之后还会相逢，此后再无分离。

想到这里，便会欣慰许多，死亡也变得不再可怕，而是坦然面对，甚至有些期待。

我们终会相见，就像姐姐一定会见到她弟弟，也会见到她心爱的果儿，这就像一个轮回，我们出生、活着，然后死去，最后重逢。

多年以后想起这些往事，虽然心仍旧会疼，但它早已变成一颗种子，长在我的心里。

我时常会想起，我曾有个姐姐，她还有一个可爱的女儿叫果儿，以及在远方的姐夫。

我在人间活着，她们都在天上看着……

我有一杯酒，可以慰风尘

你是一道坎儿

请你原谅我这么自私，对我来说，穆凯是我的劫，而你是我的一道坎儿，无论哪个我都得蹚过去，也许我会回来，也许不会，但这些都不重要，你总会遇见好姑娘，也总会有一个人爱你，那些我未曾见过的事物，我希望你都能遇到，就像你的名字，何遇何遇……何时相遇。

1

何遇是个漂儿，不是北漂儿，也不是海漂儿，而是横漂儿。那个中国最大的电影基地横店，就是何遇现在的栖身之所，起初何遇对影视演员并不是很感兴趣，某一次陪朋友来横店试镜，机缘巧合朋友没过，他反而被导演看上了，就这样稀里糊涂地演了一个角色。

一下午的时间，何遇赚了五千多块，那时他觉得自己好像找到了人生起跳板，觉得这里能带给自己一切想要的东西，于是他迅速地回到深圳办理了离职手续，义无反顾地扎进了看似能承载梦想的横店。

起初的一切都是新鲜而美好的，何遇在横店的群演处办理了演员证，那种感觉就好像自己离明星仅一步之遥。可随后的现实却是经常一整天没戏拍，有戏了也只是没台词的路人甲，慢慢地他才明白，那些有台词有正脸的角色，都掌握在副导演的手里。

而能和副导演搭上关系的人，就是管理群众演员的头头，也就是俗称的群头。何遇花了很多心思接近群头，给了他不少好处，才捞到个不大不小的角色，说是角色，也不过是饭店里围观的群众，嘴里夹杂着几句台词罢了，这让一开始就演过正戏的何遇，难免沉不住气。

好在混的时间长了，很多剧组的群头都记得有这么一个会来事的人，这让何遇每个月都有戏演，虽然收入不是特别高，但也能维持基本生活，这和一开始的落魄相比，已经让何遇很满足了。

都说男人聚在一起就会不安分，何遇他们也是如此，每天下戏之后的男生们，像是不安分的泰迪狗一样，总想着出去搞点儿花样，因为那些来横店演戏的女群演宿舍就在隔壁街道上。

楼下有个公园，有很多揣着明星梦的姑娘都在这儿扎堆，宿舍里的男生就想找些机会，泡几个新来的单纯姑娘，虽然绝大多数女孩儿早都深谙此道，但也有极个别的傻姑娘会被花言巧语或是起誓许诺骗上床，第二天想找人都找不到。

何遇却觉得没什么意思，索性每天窝在宿舍看看书，或者找些经典的电影看看，日子就这么过着，每天重复着，却又每天都不一样。演过那么多角色，何遇觉得都快把自己弄丢了。

何遇记得那是一个下午，明晃晃的太阳在天上挂着，温度特别高，每个人都无精打采的，都想快点儿结束今天的拍摄，有些偷懒的群演已经找没人看见的地方睡觉去了。

因为当天拍的是抗战戏，有很多爆破的场面，中午被太阳晒得晕乎乎的群演呼啦啦地冲向阵地，他们已经记不得先前标注的炸点，而恰好有一个炸点的火药比平时多，爆炸的时候把旁边一些碎铁片炸飞了，若换作平时这种爆炸充其量只能把土炸飞，可那天不同，因为火药过多，人又正好离得近，飞出的铁片不偏不倚地扎进一个群演的脑袋里。

当时人就不行了，抽搐了一会儿，嘴里含着血沫子就昏过去了。

躺在地上的人何遇认识，是他隔壁宿舍的一个小山东，小眼睛，总是笑眯眯的，小山东说以后的梦想就是能当上正式演员，让他爹他娘能在电视上看见他，不像现在，还得自己求剧务把他演戏的画面拍下来，邮回家里给爹妈看。

何遇看着眼前躺在地上的小山东，仿佛经历了几百次的生死轮回，那些曾经扮演过的角色，一股脑儿地袭来，像是幻灯片一样快速地回闪，何遇分不清哪个是自己，哪个是角色。

就在何遇胡思乱想的时候，救护人员赶来，嚷嚷着让围观的人散开，何遇望着被众人抬走的小山东，心里默默地想着，千万要好好的，他还得继续拍戏给他爹妈看呢。

晚上八点，医院那边传来消息，小山东因为伤势过重，抢救无效。

当天晚上宿舍里没有人再说话，也没有平时的嬉笑打骂或是聊哪个女演员，有的只是长久的沉默，以及一根接着一根抽着的烟。何遇靠在床头，喝着啤酒，决定不能再这样下去了。

第二天早晨，何遇整理好行李，给宿舍的人留了一张纸条：“兄弟走了，去演自己的人生……”

何遇来到车站买好票就快上车的时候，电话响了，接连几条信息提示，何遇一看是宿舍里的哥们，他们说“好好混，别再回横店了”“你个瓜娃子，走的时候也不知道跟俺说一声，兄弟保重啊”“不管以后去哪儿，都别跌了自己的份儿”“若是还能记得我们，记得回来看看”……

何遇一个大老爷们，躲在列车吸烟处看着这些短信，偷偷地抹眼泪，如果小山东还在的话，他一定会说：“何遇啊，你去闯嘛，等你成功了，俺也成功了。”

2

何遇没回深圳，而是去了北京，何遇后来说，那时候他特傻地站在北京站前，满脑子都是糨糊，身边都是一些拉客的叫喊声，偶尔还会有几位大妈过来问：“住店吗？ 24 小时热水，免费上网。”

何遇紧了一下背包，跟大妈笑着摇摇头，转身进了地铁。何遇以前来过一次北京，在他八岁的时候，那会儿爹妈还没离婚，父母带着他到天安门前合了影，何遇举着胜利的手势，童真无比。那时候的何遇估计怎么都不会想到，自己会以这样的方式来到北京，更不会想到会遇见那个让他无可奈何的姑娘。

何遇来北京三个月后，终于找到了一份工作，在后海的一个酒吧里做服务员，起初他很不适应这里的环境，觉得太过吵闹，如果说横店那些年轻人是为了梦想受尽煎熬，那么后海这里的年轻人就是在放纵自己。

何遇待的酒吧，每晚七点半开始有驻唱的歌手表演，这也是一天之中最忙的时候。通常后半夜酒吧还有很多人，但那时候的环境要比早些时候好很多，这些夜里不回家的人，其实接触久了会发现，他们都不是什么愿意玩的人，而是因为实在没地方去，回家也自己一个人，太寂寞了。

何遇刚到北京的时候觉得，这儿可真热闹，哪儿哪儿都是人声鼎沸的，京城就是不一样啊，可待得越久越会发现，这儿的人虽然看似热情，其实骨子里都带着防范。你觉得所有人都能和颜悦色地交流，但就是感觉差点什么。

后来何遇明白差什么了——坦诚，人和人之间都是以最标准最礼貌的方式交流，虽然看起来没什么问题，但其实都少了真诚，所以这是一座越待越觉得寂寞的城市。

一转眼，何遇已经在酒吧干了半年，从服务员晋升为调酒师，这里所有的驻唱歌手，以及常来的顾客，都跟他混成了哥们。不少人知道他以前演过电影，都特别羡慕，其实何遇自己心里知道，那哪儿是电影啊，连个微电影都算不上，那些不过是前尘往事了，但好在何遇在北京算是立住脚了。

何遇后来说，他清楚地记得那是个雨天，北京的雨总是来得特别急，上午还特别晴的天，下午竟倾盆大雨。因为下雨店里没什么人，他靠在吧台上抽着烟，门上的风铃突然响了，他抬起头的那一瞬间，用他的话来说："我觉得电影里的慢镜头是真实存在的，那时候的我，就连心跳可能都快停了。"

进门的姑娘叫周诺，是这个酒吧的驻唱，但何遇是不认识她的，周诺径直走到吧台开了一瓶啤酒，咕咚咕咚地喝了半瓶，没等旁边已经愣了的何遇开口，周诺先说了话：

"不好意思啊，没来得及跟你打招呼，刚下车，实在太渴了，我叫周诺，这儿的驻唱。"

"啊，你好你好，我是这儿的调酒师，我叫何遇。"何遇不知道自己为何会这么紧张。

"哦，我以前怎么没见过你呢？"周诺歪着脑袋问。

你和那个人的故事，其实只能算个开头，

连个序都算不上。

“我是刚来的，到这儿半年，这儿的驻唱我都认识，怎么没听别人提起你啊？”

“很正常啊，他们也不认识我啊，我可是这儿的元老了。”

正说着，酒吧的老板明哥推门进来，看见在何遇旁边坐着的周诺，突然一惊，然后走到周诺的旁边，拍着周诺的肩膀说：“我的姑奶奶，你怎么才回来啊？家里的事儿处理得怎么样了？”

周诺只是笑笑没说话，然后跟明哥使了一个眼色，明哥自然晓得，周诺跟何遇还不熟，不好当着面说家里的事，明哥心领神会，转身跟何遇说：“小何，我给你介绍一下，这是我们酒吧的元老，没有她就没有这酒吧，今天算是正式认识一下。”

何遇笑着点头，跟明哥说出去打个电话，何遇自然感觉到周诺有些拘谨，毕竟两个老相识许久未见，他这一个外人在场，总是不方便的，所以找个借口出去了。

晚上明哥给周诺接风，酒吧所有的驻唱歌手都来了，让何遇没想到的是，周诺竟然有这样的本领，能让明哥如此对待，他迫切地想知道她的所有故事。

还没喝几杯，何遇已经不行了，他没想到周诺这女子如此强悍，在她敬酒敬到何遇的时候，何遇猛地站起身来，也不知道是真的喝多了，还是借着酒劲儿说了一句："周诺，都说你是这个酒吧的第一个驻唱歌手，能给我们来一首吗？"

"成啊，今儿就给各位献丑了，但是有一点得说明白，我不是第一个驻唱歌手。"周诺说完这句话后，转身拿起一把吉他，就坐在了话筒前，也许是酒喝得太多了，眼眶红红的。

台下一票人，都像听汇报演出一样，放下手里的酒杯，聚精会神地看着周诺，就连刚才已经喝趴下的几个，也起了身听周诺唱歌。

从第一个旋律开始，何遇就彻底傻了，他听过很多驻唱，也听过很多好听的声音，但周诺的声音是他听过的最有情感张力的声音，何遇的心，好像被什么东西撞了一下。

周诺唱的是王菲的《誓言》，这首歌是王菲填词，窦唯作曲，何遇印象最深的是窦唯担任笛子演奏的情景。歌曲行云流水般的感觉被周诺演绎得淋漓尽致，而且这首《誓言》是何遇最喜欢的歌，没想到今天周诺会唱这首歌，而且唱得那么好。

周诺唱完走下台，何遇就迎了上去，端着两杯酒，盯着周诺说："就冲你刚才的那首歌，这两杯酒我干了。"何遇很冲动，也很兴奋，他不知道哪里来的兴奋劲儿，但他就是抑制不住这种感觉，他觉得周诺把他的魂儿偷走了。

周诺笑得快直不起腰了，她自然是不知道何遇为何这样，不过她理解这种情感共鸣，毕竟每个人都会有一些情感过往，也许突然听到的某首歌触动内心了，就会感动得不成样子。

“何遇啊，你这是干吗，以后咱们就一个屋子里混饭吃了，这么见外干吗？就怕你以后会听烦。”

“那不能，只要你唱，我永远是你最忠实的观众。”

“成，那我以后一首歌，换你一杯酒。”

那天晚上，何遇喝了许多酒，因为从来没有那么开心过，何遇跟周诺也彼此敬了不少，但因为酒量不敌周诺，何遇背地里吐了好几次。自那晚以后，周诺跟何遇的关系近了许多。

3

后来何遇总是有事没事就问明哥关于周诺的事，明哥只说周诺是他开酒吧时来的第一位驻唱歌手，酒吧已经开了八年，周诺哪儿都没去，一直在这儿。

不像别的驻唱歌手，夜里会赶好几个场子，毕竟谁都想多赚些钱，但周诺从来都不，每天固定的时间来，固定的时间离开，唱自己喜欢的歌，除此之外没有其他的活动。

何遇旁敲侧击周诺是否恋爱，明哥转身看着何遇意味深长地笑了笑说：“小何，你对周诺想什么都可以，就是不能想感情这事儿。”

“为什么啊？难道周诺有男朋友？”

“以后你不要再问了就是，也别跟周诺提了，对你们都好。”

这件事让何遇摸不着头脑，既然周诺没男朋友，为什么明哥不让提感情？虽然何遇对周诺也只是有好感而已，还谈不上追求，只是这样一来更让何遇对她充满好奇了。

平日里何遇在酒吧踏实地调酒，每天晚上七点半周诺会过来，骑着一个哈雷摩托，没错，是哈雷摩托，就是那个一般的男人都无法驾驭的机器。而周诺竟然每天骑着它驰骋在北京城，这简直太不可思议了。

何遇也曾试过那辆摩托，极其重，并且非常不好操控。真不敢想象周诺一个姑娘家，是怎么驾驭的，何遇每次问周诺为什么会骑这么大的摩托时，周诺都只说两个字——喜欢。

何遇在酒吧的这段日子，用他后来的话说，那是一段特别纯粹而惬意的时光，每天悠闲地调酒、喝酒、听周诺唱歌，每次等她唱完后，他都会送她一杯调好的酒，而且是独一无二的那种，从来不卖的那种，这酒还有一个好听的名字——“你可知我心”。

日子平静又安稳地过着，何遇和周诺淡淡地相处，好像没什么不对，明哥也很少来酒吧，把酒吧交给周诺还有何遇打理，毕竟酒吧不算太大，每天也忙得过来，但是每次到八点的时候，周诺都会骑摩托离开，然后在十点半准时回来。

何遇问过周诺，为什么每天八点都会走，周诺没有回答，只是笑了笑。

有一天晚上，周诺在台上唱歌，台下有三个年轻人好像喝多了，一直拿盘子里的零食扔周诺，服务员过去制止了两次，但都没有效，周诺也不理他们，毕竟在酒吧驻唱这么多年了，什么人没见过。

周诺唱完最后一首歌的时候，正好八点，周诺没理那三个人，去吧台取了衣服打算离开，就在这时候这三个男的走过来拽着周诺的胳膊说：“走啊，妹儿，跟哥出去溜达溜达，去簋街吃小龙虾呗。”

周诺二话没说，拿起酒吧柜台上的烟灰缸就砸了过去，直接将对方砸倒在地，另外两个看见朋友倒了，也抄起酒瓶朝周诺砸来，酒吧里一时乱作一团，客人全都跑到门外看热闹，也有几个掏出手机报警。

就在这时，何遇不知道从哪儿拿出一根棒球棍，从柜台后面跳了出来，跟对方的两个人扭打在了一起，周诺还要抄家伙打对方的时候，何遇对着周诺喊："走啊，八点半了，再不走来不及了。"

这时候的周诺才回过神来看时间，周诺穿好衣服就跑了出去，边跑边说："何遇，你要是打不赢，从今以后我就不认识你了。"

何遇一听这话，就跟打了鸡血一样，棒球棍都打断了，就在这时明哥带着人赶了过来，将那三个人制服后送到了派出所。后来才知道，原来这三个小子是对面刚开业的酒吧找来的，就想找明哥他们酒吧的麻烦，因为周诺，周边酒吧的生意都不怎么好，他们都是冲着周诺来的。

经过这一场战役，何遇和明哥以及周诺的关系又近了一层，因为换作别的人，肯定不多管闲事躲出去了，而何遇竟然肯冒着危险跟对方硬干，不得不让明哥刮目相看。

何遇仗义出手这件事让周诺愧疚了许久，因为何遇的左手腕骨折了，至少一个月不能动，别说调酒了，就连日常生活都不方便。周诺一直很感谢那天何遇提醒自己，不然真的耽误自己的大事了，那次以后，何遇再也没问过周诺八点以后去哪儿了，因为他知道，这里面一定有周诺自己的原因，而且每个人都有隐私以及难言之隐，何遇不再纠结了。

因为何遇受伤，他调酒的工作只能搁置，又来不及去找新的调酒师，于是调酒的人就变成了明哥，每天何遇躺在门口的竹椅上晒太阳，到了吃饭的时候，点餐吃饭，明哥说何遇不是自己招来的员工，是招来的大爷。

虽然明哥嘴上那么说，但他打心眼儿里喜欢何遇这小子，做人踏实并且本分。而周诺那边又很不好意思，毕竟是因为自己起的事，还让何遇受了这么严重的伤，多少有点儿过意不去。

于是周诺每天的工作就是，给他换药，给他订餐，给他按摩，何遇总逗周诺说："哎呀，这架我可是没白打啊，换来这么好的姑娘伺候我，于心不忍啊。"

"何遇，你别嘴贫了，我看你这伤挺严重的，要不再去医院看看吧？"

"伤筋动骨一百天，这才多少日子，你是不是不想照顾我了？"

"滚蛋，我跟你说真的呢，你这手也不见好啊。"

"没事啊，过几天就好了，别担心了。周诺，做我女朋友吧？"

"你有病吧？没人管你了。"

周诺转身走了，留下呆住的何遇。他也不知道怎么就说了出来，现在倒好，怕是连朋友都做不成了。

其实何遇的手已经好很多了，只是不敢太用力罢了，他之所以说没好，就是想多跟周诺待几天。虽然周诺每天照顾何遇，但是每天八点仍会准时离开，这让何遇愈加好奇。

何遇决定做一件不光彩的事，他决定跟踪周诺，正好这天周诺走得早一些，何遇有充足的时间准备，他戴好帽子和口罩，坐上出租车。周诺拐了好几个路口，终于在一家医院门口停下了。何遇很奇怪，难道周诺每天就是来医院吗？那里有她的亲人，还是别的什么人？

4

何遇回到酒吧的时候，明哥正好在，看见何遇回来很高兴，招呼何遇坐下，问了问手怎么样了。何遇一直是藏不住事的人，他觉得今天怎么也得把话问出来。

何遇起身去吧台拿出两瓶啤酒，摆在了明哥面前，何遇打开一瓶就吹了，然后说："明哥，我就跟您直说吧，我喜欢周诺，从见她的第一眼就喜欢上了，但她有太多我不知道的事，而且我觉得她有意地疏远我，我拿您当哥哥，您得帮我。"

明哥笑了笑，很无奈地摇了摇头说："怕什么，来什么，你记不记得我之前告诉过你，想什么都别想感情，你为什么偏偏要喜欢周诺呢？这酒吧来来往往的姑娘也不少，随便找一个不就行了吗？"

"那怎么可能？别人再好我也不喜欢啊，我就喜欢周诺，你就告诉我怎么办吧。"

"怎么都办不了，人家周诺有男朋友。"

何遇想过几十种可能，唯独没想到这种，因为在他眼里周诺就不像有男朋友的人，虽然有些神秘，但根本就没见过也没听谁说过啊，这一定是明哥在骗自己。

明哥抬头问何遇："你是真喜欢周诺，还是就想玩玩？"

"谁玩谁孙子，我这是动了真感情了。"何遇急忙解释。

"成，既然你是真心实意的，我就跟你说说周诺的事情，随后你再考虑还喜不喜欢。"明哥话里有话，何遇心里想，不管是什么事，只要能了解周诺，就一切好办。

周诺是在 2005 年来的北京，当时她刚大学毕业，因为不喜欢家里安排的工作以及相亲对象，便毅然决然地来到北京，开始了北漂的生涯。

也是在这时候，周诺开始喜欢上了唱歌，平时没事就往后海跑，听人家唱歌，她兜里没钱，就站在窗外听，把那些好听的歌都记下来，然后回去练习。

后来周诺赚了点钱，买了一个好点的手机，每天站在明哥的酒吧门口，录那些驻唱歌手唱的歌。起初明哥也有些好奇，以为是哪个星探或者演艺公司的人，后来才明白，这是一个真心喜欢唱歌的姑娘。

等周诺再来酒吧听歌的时候，明哥就让周诺进屋里听了，开始的时候周诺还不好意思，但明哥很坦诚地说欣赏喜欢音乐的人，这才让周诺放下心来，从那时候起，周诺每天下班都会准时到明哥的酒吧。

那时驻唱的歌手里有一个叫穆凯的男生，北方汉子，一米八几的个头，眼睛很明亮，对谁都是很客气的样子，嗓音富有磁性，是周诺最喜欢的驻唱歌手。每次穆凯唱歌的时候，周诺都是台下听得最认真的那个人，客人都在聊天，只有周诺在认认真真地听。

几次下来，穆凯开始注意周诺，有几次演唱间隙穆凯特意说："下面这首歌，献给那个认真听我唱歌的姑娘。"周诺在下面欢喜得不行，后来穆凯和周诺就熟了，他教她弹吉他、使用各种乐器，还有唱歌方面的技巧，日子久了，两个人自然就近了。

穆凯是在周诺生日那天在酒吧表白的，当时很多人都在，包括明哥。那天周诺穿了一件米白色的裙子，手里拿着穆凯送她的吉他，正准备听穆凯当天的演唱时，话筒里传出穆凯的声音：

“周诺姑娘，你能做我的女朋友吗？”

当时全场的人都在欢呼，周诺觉得这一切来得太突然，但又好像等了许久。就这样，周诺和穆凯在一起了，他俩成了酒吧里最让人羡慕的一对儿。

如果现在去后海，你问那些酒吧的老板，以前是不是有一个长发的歌手，总是带着一个穿米白色裙子的姑娘兜风，他们肯定还有印象，因为穆凯和周诺简直就是那条街的风景。

后来周诺辞职了，跟穆凯在一起，平时酒吧没什么人的时候，周诺就在台上唱歌，慢慢地竟然有很多人慕名来听周诺唱歌，这让穆凯始料未及，但他由衷地高兴，觉得自己的女人能这么厉害，自己也是有功劳的，所以穆凯决定在周诺正式成为驻唱歌手的那天，给她一个惊喜。

穆凯是在去南城给周诺买礼物的时候被撞的，在一个路口，一辆速度过快的私家车撞飞了穆凯，头部着地，双腿粉碎性骨折，送到医院的时候医生直接下达了病危通知书。

周诺一路哭着去的医院，看着躺在急救室里的穆凯，她万念俱灰。也就是从那时候开始，周诺开始骑穆凯的摩托车，她想感受穆凯的气息，以及那天穆凯是带着怎样的心情去给她买礼物的。

如果还能选择，周诺不会想要什么狗屁礼物，更不会让穆凯离开。但世事难料，那些最不想发生的事，最后偏偏发生了。

万幸的是穆凯挺了过来，虽然没死，但已经毫无知觉，医学上称作植物人。穆凯的身世很可怜，很小的时候父母就离婚了，自己在外面闯荡，从出事到现在，只有他的父亲出现过一次，后来就没了消息，再也联系不上。

从那天开始，周诺寸步不离地守着穆凯，也是从那时候开始周诺不再来酒吧，而是每天守在医院。而我恰好是这个时候来的，错开了认识周诺的时间。

5

周诺每天八点骑着摩托准时离开，就是为了去照顾穆凯。因为家里人不管穆凯，他在医院所有的费用都是周诺一个人来扛的，所以周诺只能一边照顾穆凯，一边在明哥的酒吧里唱歌，虽然明哥已经拿出一笔钱帮周诺了，但也是杯水车薪。

说完这些后，明哥问何遇："还喜欢吗？还追吗？"

看着一地的烟头，何遇起身踩灭了最后一根烟说："不追是孙子，我跟她一起扛。"

说完这些话，周诺刚好推门进来，看见一地的烟头、明哥的眼神，以及何遇的状态之后，她知道，什么事都瞒不住了，周诺盯着何遇说："你出来一下。"

"你问明哥了是吗？"周诺看着何遇说。

"是，问了。"

"所以，你都知道了？"

"都知道了。"

"那既然都知道了，就不要再想了。"

"我偏不，不管你接不接受，我都跟你一起扛。"

"你是傻瓜吗，何遇！好几十万的医疗费，你怎么扛？"

"你甭管我怎么扛，我说跟你一起扛，就扛定了。"

周诺盯着何遇，眼泪噼里啪啦地往下掉，她怎么也想不通，为什么何遇对她这么好，这也让她觉得遇见何遇是件特别幸运的事，但又怕拖累他，进退两难。

而何遇也的确做到了，第二天就把自己这么多年的存款都取了出来，当他把存款给周诺的时候，周诺心里的确很感动，但她仍然执意不收，她说她已经欠穆凯的了，不想再欠何遇的。

后来的那段日子，何遇每天背着周诺去照顾穆凯，何遇希望用这一点一滴的陪伴，让周诺明白自己的心思。周诺何尝不懂何遇，只是穆凯也许就这样了，可能一辈子都醒不过来了。

周诺不知道自己还能坚持多久，如果错过何遇，可能就再也遇不到像何遇这么好的人了，但看着躺在床上的穆凯，周诺是无论如何也不会接受何遇的。

这就像那些烂俗鸡汤文一样，我爱你，但我又无法爱你。

转眼到了秋天，何遇和周诺就这样平静地相处着，每次何遇想把话题说得深一些，周诺总是找借口搪塞过去，慢慢地何遇也不再提了。

有天何遇正在酒吧调酒，周诺的电话突然响了，接听后周诺疯了一样跑了出去，何遇在后面喊："怎么回事？"周诺说："医院来电话了，穆凯不行了。”

周诺载着何遇一路飞奔到医院，等到了三楼急救室的时候，抢救室的灯已经灭了，医生陆陆续续从里面走了出来，周诺跑过去拽住医生问怎么了，主治医生摇头说已经尽力了，心脏供血不足，加上之前车祸留下的脑损伤，心脏骤停，人已经走了，好在没什么痛苦。

周诺听完这个消息，整个人靠在墙上，然后一点点往地上滑，她用手指按着地，眼泪滴在大理石地面上。站在一旁的何遇不知该如何安慰周诺，也许现在说什么都无济于事。

何遇从兜里拿出纸巾塞给周诺，然后一言不发地蹲在周诺旁边。

周诺蹲在地上，露出一双红肿的眼睛，看着何遇说：

“谢谢你，但是你什么都别说。”

何遇点点头，把周诺的头揽了过来，自从穆凯出事后，这是周诺第一次感受到来自异性的温暖。周诺和何遇坐在医院的地上，周诺的头靠在何遇的肩上，不知道过了多久，周诺起身离开，告诉何遇不用跟着她。

6

何遇再见到周诺已经是一个星期之后了，周诺处理完了穆凯的后事，穿着一身黑就来了酒吧，进屋跟明哥说了几句话，然后对着发呆的何遇喊了一声：“走啊，兜风去。”

何遇跟着周诺上了摩托车，何遇问去哪儿，周诺没吱声。转眼的工夫就上了高速，何遇在后面喊：“太快了，很危险。”周诺摇头，何遇又喊：“你要是想死，我陪着你！”

周诺大喊了一句，何遇没听清喊的是什么，再问周诺刚刚喊的什么，周诺已经不说话了。

到了地方才知道，是北京郊区的一个破厂房，走进去一看地上全是酒瓶子，墙上满是各种涂鸦喷绘，周诺回头看着何遇说：“这儿就是我曾经和穆凯常来玩儿的地方。”

没等何遇张嘴说话，周诺一下子把何遇抱住，拼了命地吻着。何遇被这突如其来的一幕吓坏了，但他也迎合着周诺，等周诺冷静下来后，何遇这才看清，周诺哭了。

“何遇，你喜欢我什么啊？”

“我也不知道，喜欢哪儿能说得清啊，可能是那天你推门进来的时候，太好看了吧。”

“你可真肤浅。”

“是啊，就这么肤浅。”

“何遇，谢谢你为我做的一切，我无以为报。”

“说这干吗，又没想让你回报什么，你以后好好的就行。”

“何遇，我要走了，带着穆凯。”

“去哪儿？”

“不知道，穆凯想去的那些地方都会走一遍，然后再想以后。”

“哦，挺好……”

周诺走的那天，跟明哥道了别，却没有告诉何遇，但何遇还是从明哥那里打听到了消息，拼了命终于赶上了火车，远远地看到了周诺。

何遇趴在候车大厅的玻璃上，看着周诺在里面拉着行李箱缓慢行走时，有好几次都忍不住想要冲出去，拉住周诺让她别走，可又一次次地说服自己不能冲动，今天这样的结果，是最好的。

周诺在进站的前一刻突然回过头，看见了远处的何遇，周诺冲着何遇微笑，像极了那天推门而进的画面。火车走了，何遇在车站待了许久，在他正要离开的时候，周诺的短信来了。

“何遇，还好你来了，让我走得安心些。你是一个很好的人，好到我的后半生都想就这样待在你身边。可穆凯怎么办啊？他曾带着我去见那些我未曾见过的世界，如今他走了，我得替他完成那些他没来得及做的事。

“请你原谅我这么自私，对我来说，穆凯是我的劫，而你是我的一道坎儿，无论哪个我都得蹚过去，也许我会回来，也许不会，但这些都不重要，你总会遇见好姑娘，也总会有一个人爱你，那些我未曾见过的事物，我希望你都能遇到，就像你的名字，何遇何遇……何时相遇。”

何遇拿着手机，一个人站在空旷的候车厅笑着，没人知道这个陌生的男人为何发笑。只有何遇自己知道，那个叫周诺的姑娘，让他等她回来。

周诺又何尝不是何遇的一道坎儿，这道坎儿何遇是不打算跨过去了，他想让周诺永远这么横在自己面前，这样他才能一直留着希望，何遇一点儿都不怕周诺不再回来。

因为那天在破厂房，何遇问周诺，在高速上喊的那句话是什么的时候，答案就已经明了。

因为那句话是——

“何遇，你一定得等着我。”

敬读者：

这世间的每个人，其实心里都藏着故事，也许是一些温暖的人，也许是一些遗憾的事。物是人非总是让人伤感，可回忆是人们相逢的唯一证据，把回忆拿出来，也就成了故事。

故事的开头，多是惊鸿一瞥，然后一眼万年，故事的结尾，总是渐行渐远，江湖不见。也许相逢都很美好，但结果大多都不尽如人意，可生活就是如此，美好在于，我们无法预估它。

这本书里的故事，也许终其一生都不会发生在你身上，但谁也不能说它们没有发生过，我只是有幸遇到这些人，听过这些事，然后在一个恰当的时机讲给你听。

绝大多数人，一生都会平淡如水地度过，并非像电影里那般波澜壮阔，也不如小说里那样匪夷所思，人们之所以喜欢看电影、读书，就是为了参与自己无法体验的人生。

所以我从不质疑电影和书里故事的真假，毕竟这世上的人太多，什么匪夷所思的事都有可能发生，我们虽然无法参与，但有幸旁观也是好的。

很多时候我也想把一些悲伤的结局写成皆大欢喜，但毕竟生活里没有编剧，没人有权利改变那些既定结局。大多数的悲剧就是把美好的东西毁灭给人看，我不想毁灭什么，我只是在陈述它们。

所有的人间烟火、悲欢离合、日月星辰都会记得……

你举着一枝花，等着有人带你去流浪，等着有人带你去人海里安家。放眼望去人间满是举着花儿的人，那些还没来的人，多半是在路上，这个人需要经过万水千山，才能把你找到。

我们都是普通人，想要的不过是一段稳定的感情，父母健康，日子平静温柔。或许在年少时每个人都有仗剑走天涯的向往，但生活终会归于平淡，能跳出这个圈子的人，寥寥无几，大多数人最后都会回到生活里，嫁娶良人，生儿育女，终此一生。

所以无论你现在的生活是狂风万里，还是荆棘密布，你总会渡过去。那些毫无指望的日子终会变成你日后如数家珍的回忆，爱情也是如此，心里越有故事的人，越有软肋，而这些软肋几乎都跟某个人有关。

山川河流之所以高低曲折，就是因为有些障碍无法躲过，只能绕道而行。每个人的一生中都会有一个怎么都无法释怀的人，放不下不丢人，但得知道什么时候放手。

拼了命撞南墙，总是比不过换个人柳暗花明来得现实。可你若偏要撞南墙，也没人会取笑你，因为你了解自己的内心，你明白自己想要什么，所以即使受伤，你也心甘情愿。

希望遇见这本书的你，无论遇到什么事，都能得偿所愿，夜里有酒，白日有歌，有自由的心，也有踏实的家，冬暖，春不寒，此生不离笑。

人间事或多有遗憾，但更愿你能四季无忧……

长东野家

图书在版编目（CIP）数据

我有一杯酒，可以慰风尘 / 关东野客著. — 北京：九州出版社，2017.8（2018.7重印）
ISBN 978-7-5108-5978-6

Ⅰ. ①我… Ⅱ. ①关… Ⅲ. ①短篇小说－小说集－中国－当代 Ⅳ. ①I247.7

中国版本图书馆CIP数据核字(2017)第240521号

我有一杯酒，可以慰风尘

作　　者　关东野客 著
出版发行　九州出版社
地　　址　北京市西城区阜外大街甲35号（100037）
发行电话　（010）68992190/3/5/6
网　　址　www.jiuzhoupress.com
电子信箱　jiuzhou@jiuzhoupress.com
印　　刷　北京鑫海达印刷有限公司
开　　本　880毫米×1230毫米　32开
印　　张　10
字　　数　183千字
版　　次　2017年10月第1版
印　　次　2018年7月第6次印刷
书　　号　ISBN 978-7-5108-5978-6
定　　价　39.80元